चाय, तुम, और डायरी

कृष्णा यादव

अनुक्रमणिका (Table of Contents)

भूमिका

ज़िंदगी की इस भागदौड़ में जब दिल किसी सुकून के लम्हे की तलाश करता है, तो वो अक्सर तीन चीज़ों पर आकर ठहर जाता है—एक प्याली गर्म चाय, तुम्हारी यादें और मेरे जज्बातों को खुद में समेटने वाली मेरी डायरी।

यह कोई साधारण त्रिकोण नहीं है, बल्कि यह मेरे वजूद का एक हिस्सा है।

चाय: जो सिर्फ एक पेय नहीं, बल्कि हर बदलते मौसम में मेरे अकेलेपन की सबसे वफादार साथी है। इसकी हर चुस्की के साथ दिल का गुबार हल्का होता है और एक अनजानी सी गर्माहट रगों में दौड़ जाती है।

तुम: जो मेरे हर ख्याल का केंद्र हो। तुम चाहे पास रहो या दूर, तुम्हारी मौज़ूदगी मेरी हर सांस में, मेरी हर सोच में एक महक की तरह घुली रहती है। तुम वो अनकही कहानी हो, जिसे दिल बार-बार दोहराना चाहता है।

डायरी: मेरा वो महफ़ूज़ कोना, जहाँ मैं बिना किसी मुखौटे के खुद से मिलता हूँ। जो बातें मैं ज़माने से नहीं कह पाता, वो कागज़ पर स्याही बनकर बिखर जाती हैं। मेरी डायरी गवाह है मेरी हर उस अधूरी दुआ की, जिसमें सिर्फ तुम्हारा ज़िक्र है।

जब भी शाम ढलती है, हाथ में चाय का कुल्हड़ होता है, ख्यालों में तुम्हारा अक्स उभरता है और उंगलियाँ खुद-ब-खुद डायरी के पन्ने पलटने लगती हैं। यह किताब (या यह सफ़र) उसी शाम की एक दास्तान है। यह गवाह है उस मोहब्बत की, जो चाय की तरह धीरे-धीरे

सुलगती है, तुम्हारी यादों की तरह गहरी है और डायरी के पन्नों की तरह हमेशा के लिए अमर है।

आइए, मेरे साथ इस सफ़र पर चलिए, जहाँ हर पन्ने पर थोड़ी सी चाय की खुशबू है, थोड़ा सा तुम्हारा अहसास है और ढेर सारे जज्बात हैं।

प्रस्तावना

साहित्य और भावनाओं का रिश्ता सदियों पुराना है, लेकिन कुछ अहसास ऐसे होते हैं जो शब्दों के मोहताज नहीं होते, वे बस जीने के लिए होते हैं। यह संकलन (या किताब) भी किसी कल्पना की उपज नहीं, बल्कि दिल के उस कोने से निकली आवाज़ है जहाँ सिर्फ तीन चीज़ों की हुकूमत है—चाय, तुम और मेरी डायरी।

ज़िंदगी के इस सफ़र में जब भी अकेलापन हावी हुआ या जब भी किसी जज्बात ने दिल में करवट ली, तब इन तीन साथियों ने मिलकर मुझे सँभाला।

भावनाओं का त्रिकोण:

चाय (सुकून): चाय मेरे लिए सिर्फ एक आदत नहीं, बल्कि वो सुकून है जो थकी हुई रूह को ज़िंदादिली से भर देता है। इसकी हर एक चुस्की के साथ बीते हुए लम्हे ज़हन में ताज़ा हो जाते हैं।

तुम (एहसास): 'तुम' महज़ एक शब्द नहीं हो, बल्कि वह धड़कन हो जिसके इर्द-गिर्द मेरी पूरी कायनात घूमती है। तुम मेरी हर लिखी हुई लाइन की प्रेरणा हो, मेरी खामोशी का जवाब हो और मेरी अधूरी ख्वाहिशों का खूबसूरत चेहरा हो।

डायरी (सच्चाई): यह डायरी मेरी तन्हाइयों की राज़दार है। दुनिया के सामने जो लफ्ज़ होंठों तक आकर रुक गए, उन्हें इस डायरी के कोरे पन्नों ने बिना किसी शिकायत के अपने भीतर समेट लिया।

लेखक की कलम से:

इस प्रस्तावना के माध्यम से मैं अपने पाठकों को आमंत्रित करता हूँ कि वे अपने हाथ में एक कप गर्म चाय लें और इन पन्नों में खो

जाएँ। यहाँ आपको मोहब्बत की मिठास भी मिलेगी, जुदाई का कड़वापन भी और यादों की वो गर्माहट भी, जो सिर्फ एक सच्ची मोहब्बत ही दे सकती है।

यह कोशिश उन सभी दिलों के नाम है जो आज भी किसी की याद में चाय की चुस्कियाँ लेते हुए डायरी के पन्ने पलटते हैं। उम्मीद है कि मेरी डायरी के ये अलफ़ाज़ आपके दिल को छुएंगे और आपको अपनी ही कहानी का अहसास कराएंगे।

— **कृष्णा यादव**

मुख्य आकर्षण:

चाय का सुकून: चाय के शौकीनों के लिए इसमें ऐसी कविताएं हैं, जो हर घूंट के साथ एक नया अहसास जगाएंगी।

'तुम' का एहसास: इसमें शामिल हर शायरी और नज्म उस 'खास' इंसान के इर्द-गिर्द घूमती है, जो दूर होकर भी दिल के सबसे करीब है।

डायरी के पन्ने: लेखक के निजी अनुभवों और जज्बातों का एक ऐसा कोना, जिससे हर पाठक खुद को जुड़ा हुआ महसूस करेगा।

यह पुस्तक उन सभी सहृदय पाठकों के लिए है जो कलम, चाय और अपनों की यादों में सुकून ढूंढते हैं।

मुख्य पात्र :

कबीर: एक शांत, गंभीर लेखक और फोटोग्राफर, जिसे पुरानी चीजें और सुकून पसंद है।

अनाया: जिंदादिल, चुलबुली और रंगों से प्यार करने वाली एक पेंटर, जो हर पल को खुलकर जीती है।

कहानी की रूपरेखा :

यह कहानी है दिल्ली के एक पुराने कैफे की, जहाँ कबीर अक्सर अपनी डायरी लिखने जाता है। एक दिन अनाया अपनी अधूरी पेंटिंग लिए वहाँ आती है। दोनों के स्वभाव बिल्कुल अलग हैं—एक खामोश दरिया की तरह, तो दूसरी किसी चंचल झरने जैसी। लेकिन एक कड़क चाय और एक गुमनाम डायरी के पन्ने दोनों की तकदीर बदल देते हैं।

अध्याय 1: पुरानी दिल्ली और नई शुरुआत

पुरानी दिल्ली की उस छोटी सी गली में, जहाँ मसालों की खुशबू और गाड़ियों का शोर हर वक्त रहता था, एक छोटा सा कैफे था—'द विंटेज कॉर्नर'। कबीर को इस कैफे का एक कोना बेहद पसंद था, जहाँ बैठकर वह खिड़की से बाहर गिरती बारिश की बूंदों को देख सकता था।

कबीर ने अपनी ब्लैक कॉफी की चुस्की ली और अपनी डायरी खोली। वह कुछ लिखने ही वाला था कि तभी कैफे का दरवाजा तेजी से खुला और हवा के एक झोंके के साथ वह अंदर आई।

"ओह गॉड! इस बारिश ने तो मेरी पूरी कैनवास ही खराब कर दी!"

वह अनाया थी। उसके हाथ में एक बड़ा सा पेंटिंग बोर्ड था, उसके बिखरे हुए बाल और कुर्ते पर लगे रंग यह साफ बता रहे थे कि वह कला की दीवानी है। वह कबीर के ठीक सामने वाली टेबल पर आकर बैठ गई।

कबीर ने नजरें उठाईं और उसे देखा। अनाया अपनी गीली पेंटिंग को फूंक मारकर सुखाने की नाकाम कोशिश कर रही थी। उसे ऐसा करते देख कबीर के चेहरे पर एक हल्की सी मुस्कान आ गई।

"अगर आप इसे पंखे के नीचे रखेंगी, तो यह जल्दी सूखेगी," कबीर ने धीमी लेकिन गहरी आवाज में कहा।

अनाया ने चौंककर ऊपर देखा। उसकी बड़ी-बड़ी आँखों में एक अजीब सी चमक थी। "ओह! थैंक यू सो मच। वैसे, मैं अनाया हूँ।"

"कबीर," उसने संक्षेप में जवाब दिया।

"सिर्फ कबीर? कोई सरनेम नहीं? कोई बात नहीं, वैसे तुम यहाँ क्या कर रहे हो? इस बोरिंग से कैफे में बिना चीनी की कॉफी और यह पुरानी डायरी... तुम कोई कड़क चाय क्यों नहीं पीते?" अनाया ने एक ही सांस में कई सवाल पूछ डाले।

कबीर, जो अमूमन लोगों से दूरी बनाए रखता था, आज इस अजनबी की बेबाकी पर हैरान था। उसने अपनी डायरी बंद की और कहा, "चाय मुझे कुछ ज्यादा ही मीठी लगती है।"

"जनाब, जिंदगी में मिठास न हो, तो जीने का मजा क्या?" अनाया ने मुस्कुराते हुए वेटर को आवाज दी, "भैया! दो कप अदरक वाली कड़क चाय लाना।"

उस शाम, दिल्ली की बारिश और उस छोटे से कैफे में, दो बिल्कुल अलग अजनबियों के बीच एक अनकहा सा सिलसिला शुरू हो चुका था। कबीर को अभी अंदाजा नहीं था, लेकिन उसकी जिंदगी की बेरंग डायरी में अनाया अपने प्यार के रंग भरने आ चुकी थी।

अध्याय 2: कड़क चाय और कुछ अनकहे पन्ने

उस शाम के बाद, 'द विंटेज कॉर्नर' का वह कोना सिर्फ कबीर का नहीं रहा। अब वहाँ दो कुर्सियाँ बुक रहती थीं—एक कबीर के लिए और दूसरी अनाया के लिए। कबीर, जो कभी घंटों अकेले खामोशी में बिता दिया करता था, अब अनजाने में ही सही, शाम के 5 बजते ही कैफे के दरवाजे की तरफ देखने लगता था।

"तुम फिर से वही कड़वी कॉफी पी रहे हो?"

एक हफ्ते बाद, अनाया की वही चिर-परिचित आवाज गूंजी। वह आज नीले रंग के अनारकली सूट में थी, कानों में बड़े-बड़े झुमके और चेहरे पर वही बेफिक्र मुस्कान।

कबीर ने अपनी डायरी से नजरें उठाईं और मुस्कुराया। "आदत बदलने में वक्त लगता है, अनाया।"

"आदतें बदली नहीं जातीं कबीर, बस अच्छी आदतों से रिप्लेस कर दी जाती हैं," अनाया ने अपनी सीट संभालते हुए कहा और वेटर को देखते ही इशारा कर दिया—दो कप अदरक वाली चाय।

चाय आई, और उसके साथ आई एक लंबी गुफ्तगू। अनाया ने बताया कि वह दिल्ली यूनिवर्सिटी से फाइन आर्ट्स कर रही है और उसका सपना है कि एक दिन उसकी पेंटिंग्स की अपनी एक एग्जीबिशन हो। कबीर बस खामोशी से उसे सुनता रहा। उसे ताज्जुब हो रहा था कि कोई इंसान इतना जिंदादिल कैसे हो सकता है, जैसे उसके पास दुखों के लिए कोई जगह ही न हो।

"और तुम? तुम इस डायरी में क्या लिखते हो? कोई कहानी या कविता?" अनाया ने कबीर की डायरी की तरफ इशारा करते हुए पूछा।

"बस... कुछ बिखरे हुए खयाल। जो बातें मैं कह नहीं पाता, उन्हें लिख देता हूँ," कबीर ने डायरी पर हाथ रखते हुए कहा, जैसे वह अपने किसी गहरे राज को छुपा रहा हो।

"तो मुझे पढ़कर सुनाओ न! मैं भी देखूं कि इस शांत समंदर के अंदर क्या चल रहा है," अनाया ने उत्सुकता से कहा और डायरी को अपनी तरफ खींचने की कोशिश की।

"नहीं अनाया! प्लीज..." कबीर का लहजा अचानक थोड़ा सख्त हो गया। उसने अनाया का हाथ पकड़ लिया ताकि वह डायरी न ले सके।

कैफे के उस कोने में एक पल के लिए सन्नाटा छा गया। अनाया ने कबीर की आँखों में देखा—वहाँ गुस्सा नहीं, बल्कि एक अजीब सा डर और छुपा हुआ दर्द था। अनाया ने धीरे से अपना हाथ पीछे खींच लिया।

"आई एम सॉरी कबीर... मेरा वो मतलब नहीं था," अनाया ने संजीदगी से कहा। उसकी चुलबुलाहट गायब हो चुकी थी।

कबीर को अपनी बेरुखी पर पछतावा हुआ। उसने अपनी चाय का कुल्हड़ उठाया, एक लंबी सांस ली और खिड़की के बाहर देखने लगा। "अनाया, कुछ पन्ने ऐसे होते हैं जिन्हें अगर दोबारा खोला जाए, तो वो सिर्फ दर्द देते हैं। मेरी डायरी भी कुछ ऐसी ही है।"

अनाया ने कुछ पल कबीर के चेहरे को देखा, फिर अपनी चाय की चुस्की लेते हुए मुस्कुराई। "कोई बात नहीं कबीर। मैं जबरदस्ती तो तुम्हारी डायरी नहीं पढूंगी... लेकिन याद रखना, मैं एक पेंटर हूँ। मुझे खाली कैनवास पर रंग भरने आते हैं, और तुम्हारी इस बेरंग डायरी में भी एक दिन मैं अपने रंग जरूर भरूँगी।"

उसकी इस बात पर कबीर चाहकर भी अपनी मुस्कान नहीं रोक पाया। चाय की उस आखिरी चुस्की के साथ, कबीर के दिल की बर्फ थोड़ी और पिघल चुकी थी। उसे लगने लगा था कि अनाया उसकी जिंदगी में सिर्फ एक इत्तेफाक बनकर नहीं आई है।

अध्याय 3: रंगों की बारिश और एक छुपा हुआ राज

उस दिन के बाद से कबीर और अनाया के बीच की खामोशी में एक गहरा ठहराव आ गया था। अनाया ने फिर कभी कबीर की डायरी को छूने की कोशिश नहीं की, लेकिन उसने कबीर के चेहरे पर उदासी की परत को कम करने का जिम्मा जरूर उठा लिया था।

अक्टूबर का महीना था, दिल्ली की हवा में हल्की सी गुलाबी ठंडक घुलने लगी थी।

"कबीर, आज शाम को तुम मुझे 'द विंटेज कॉर्नर' में नहीं, बल्कि लोधी आर्ट डिस्ट्रिक्ट में मिलोगे। कोई बहाना नहीं चलेगा!" अनाया ने सुबह ही कबीर को मैसेज भेज दिया था।

कबीर अमूमन ऐसी जगहों पर जाने से बचता था जहाँ भीड़ हो, लेकिन अनाया की बात को टालना अब उसके बस में नहीं था। जब वह शाम को वहाँ पहुँचा, तो दीवारों पर बने बड़े-बड़े, खूबसूरत भित्तिचित्रों (murals) को देखकर हैरान रह गया। लेकिन उसकी नजरें किसे ढूंढ रही थीं, यह उसका दिल बखूबी जानता था।

"यहाँ ऊपर देखो, मिस्टर राइटर!"

कबीर ने सिर उठाया। अनाया एक मचान (scaffolding) पर खड़ी होकर एक बहुत बड़ी दीवार पर पेंटिंग कर रही थी। उसके चेहरे पर, नाक की नोक पर और कपड़ों पर नीले और पीले रंग के धब्बे लगे थे। वह हवा में उड़ती अपनी जुल्फों को संभालते हुए मुस्कुरा रही थी। कबीर ने तुरंत अपना कैमरा निकाला और उस लम्हे को हमेशा के लिए कैद कर लिया।

"नीचे आओ अनाया, गिर जाओगी," कबीर ने फिक्रमंद होते हुए कहा।

अनाया फुर्ती से नीचे उतरी और अपनी पेंटिंग को देखते हुए बोली, "कैसी लगी? यह मेरी जिंदगी की सबसे बड़ी पेंटिंग है। इसका नाम है—'उम्मीद'।"

पेंटिंग में एक पिंजरा था जो खुला हुआ था, और उसके अंदर से रंग-बिरंगी तितलियाँ बाहर आसमान की तरफ उड़ रही थीं।

"बहुत खूबसूरत है," कबीर ने गहराई से कहा।

"कबीर, तुम हमेशा दूसरों की चीजें देखते हो। कभी अपनी आँखों से दुनिया को देखा है?" यह कहते ही अनाया ने अपने हाथ में लगा नीला रंग कबीर के दोनों गालों पर लगा दिया।

"अनाया! यह क्या बदतमीजी है..." कबीर चौंक गया। उसने कभी नहीं सोचा था कि कोई उसके साथ ऐसी हरकत कर सकता है।

"यह बदतमीजी नहीं, जिंदगी है कबीर! थोड़े रंग लगाओ, थोड़े बिखरो!" अनाया हंसने लगी।

कबीर ने गुस्से में उसका हाथ पकड़ना चाहा, लेकिन अनाया का पैर पास में रखे एक कलर बॉक्स से टकरा गया। उसका संतुलन बिगड़ा और वह सीधे कबीर की बाहों में जा गिरी। दोनों जमीन पर गिरे, और उनके ऊपर रंगों की कुछ बूंदें बरस गईं।

कुछ पलों के लिए वक्त जैसे ठहर गया। अनाया की सांसें कबीर के चेहरे को छू रही थीं। कबीर ने अनाया की आँखों में देखा, जहाँ शरारत की जगह अब एक अजीब सी कशिश थी। कबीर का दिल इतनी तेजी से धड़क रहा था कि उसे खुद अपनी धड़कनें सुनाई दे रही थीं।

अनाया धीरे से उठी और अपनी नजरें झुकाते हुए बोली, "सॉरी... वो मेरा पैर फिसल गया था।"

कबीर भी खड़ा हुआ। उसने अपने कुर्ते से धूल झाड़ी, लेकिन उसका दिल अभी भी अशांत था। अनाया की इस नजदीकी ने कबीर के अंदर के उस राज को झकझोर दिया था जिसे वह सालों से छुपाए बैठा था।

"अनाया..." कबीर की आवाज भारी हो गई। "तुम मेरे इतने करीब मत आओ। तुम जिसके साथ रंग ढूंढ रही हो, वो अंदर से बिल्कुल खाली हो चुका है।"

अनाया ने उसके चेहरे को देखा। "तुम ऐसा क्यों कह रहे हो कबीर?"

कबीर ने एक लंबी सांस ली और आसमान की तरफ देखा, जहाँ सूरज डूब रहा था। "तीन साल पहले, मेरी एक छोटी बहन थी—आँचल। उसे भी तुम्हारी तरह रंगों से प्यार था। एक दिन वह अपनी पेंटिंग एग्जीबिशन के लिए जा रही थी, मैंने ही जिद की थी कि मैं उसे ड्रॉप कर दूँगा। रास्ते में एक भयानक एक्सीडेंट हुआ... आँखों के सामने मैंने उसे खो दिया। उस दिन के बाद से, मैंने अपनी जिंदगी से सारे रंग डिलीट कर दिए। मेरी डायरी के वो पन्ने उसी के खून और मेरे अफसोस से लिखे गए हैं।"

कबीर की आँखों से एक आंसू टपक कर उसके गाल पर लगे नीले रंग में मिल गया।

अनाया अवाक रह गई। उसे अब समझ आया कि कबीर की खामोशी के पीछे कितना बड़ा तूफान छिपा था। उसने बिना कुछ सोचे कबीर का हाथ थाम लिया।

अध्याय 4: यादों का कैनवास और एक नया सवेरा

कबीर की आँखों में छिपे उस गहरे दर्द को जानने के बाद, अनाया की आँखों से भी आंसू बह निकले। उसने कबीर के हाथ को और कसकर थाम लिया। उस शाम लोधी आर्ट डिस्ट्रिक्ट की उस दीवार के साए में, कबीर ने सालों बाद अपना वो बोझ हल्का किया था जिसे वह अकेले ढो रहा था।

"आई एम सो सॉरी कबीर..." अनाया की आवाज कांप रही थी। "मुझे नहीं पता था कि तुम्हारी खामोशी के पीछे इतना बड़ा जख्म है। लेकिन कबीर, उस एक्सीडेंट में तुम्हारी कोई गलती नहीं थी। वह महज़ एक हादसा था।"

"गलती मेरी ही थी अनाया," कबीर ने रूखे स्वर में कहा, उसकी नजरें अभी भी जमीन पर टिकी थीं। "अगर उस दिन मैंने गाड़ी थोड़ी धीरे चलाई होती, या अगर मैं उसकी जिद मानकर उसे घर पर ही रहने देता... तो आज आँचल ज़िंदा होती। मैं कैसे मुस्कुरा सकता हूँ जब मेरी वजह से किसी की दुनिया उजड़ गई?"

अनाया ने कुछ पल खामोशी से कबीर को देखा। वह समझ गई थी कि कबीर को किसी सांत्वना की नहीं, बल्कि इस आत्म-ग्लानि (guilt) के पिंजरे से बाहर निकलने की जरूरत है।

उसने अपने आंसू पोंछे और कबीर का चेहरा अपनी तरफ घुमाया। "कबीर, एक बात बताओ। आँचल को रंगों से प्यार था न? वह पेंटिंग करती थी?"

कबीर ने धीरे से सिर हिलाया।

"तो तुम्हें क्या लगता है, आसमान से तुम्हें इस तरह हर पल घुट-घुट कर जीते देख क्या उसे खुशी मिलती होगी? क्या वह यह चाहती होगी कि उसका भाई अपनी जिंदगी के सारे रंग मिटा दे?" अनाया के सवालों में एक अजीब सी जिद और अपनापन था।

कबीर के पास इस बात का कोई जवाब नहीं था। उसने अपनी आँखें बंद कर लीं।

अगले कुछ दिनों तक कबीर कैफे नहीं आया। वह अपने कमरे में बंद रहा, खुद को समेटने की कोशिश में। उसे डर था कि कहीं अनाया की हमदर्दी उसे और कमजोर न बना दे। लेकिन अनाया इतनी आसानी से हार मानने वालों में से नहीं थी।

चौथे दिन, कबीर के घर की घंटी बजी। कबीर ने जैसे ही दरवाजा खोला, सामने अनाया खड़ी थी। उसके हाथ में एक बड़ा सा कैनवास था जो कपड़े से ढका हुआ था।

"तुम यहाँ क्यों आई हो अनाया? मैंने कहा था न कि मुझे मेरे हाल पर छोड़ दो," कबीर ने थके हुए लहजे में कहा।

अनाया बिना कुछ बोले कमरे के अंदर आ गई। उसने उस कैनवास को कमरे के बीचों-बीच रखा और उस पर से कपड़ा हटा दिया।

कबीर की सांसें थम गईं।

कैनवास पर एक खूबसूरत पेंटिंग थी। उसमें कबीर कैफे की खिड़की के पास बैठा था, उसके हाथ में वही पुरानी डायरी थी, लेकिन इस बार वह डायरी बेरंग नहीं थी। उस डायरी के पन्नों से रंग-बिरंगी तितलियाँ निकलकर पूरे

कमरे में फैल रही थीं, और उन तितलियों के बीच एक धुंधली सी, मुस्कुराती हुई लड़की की आकृति थी—जो बिल्कुल कबीर की बहन आँचल जैसी लग रही थी। पेंटिंग के नीचे लिखा था: "भाई, मुस्कुराओ... मैं यहीं हूँ, इन रंगों में।"

कबीर उस पेंटिंग को देखता रहा। उसकी आँखों के सामने आँचल का मुस्कुराता हुआ चेहरा घूम गया। सालों से जो आंसू उसके दिल में जमे हुए थे, आज वह बांध तोड़कर बह निकले। कबीर घुटनों के बल बैठ गया और बच्चों की तरह रोने लगा।

अनाया तुरंत उसके पास बैठी और उसने कबीर को गले से लगा लिया। वह कबीर की पीठ को सहलाती रही, जब तक कि उसकी सिसकियां शांत नहीं हो गईं।

"रो लो कबीर... जितना रोना है रो लो। लेकिन आज के बाद इस दर्द को अपनी कमजोरी नहीं, बल्कि आँचल की यादों को अपनी ताकत बनाना," अनाया ने उसके बालों को सहलाते हुए धीरे से कहा।

कबीर ने अनाया से खुद को अलग किया और उसकी आँखों में देखा। आज सालों बाद कबीर के चेहरे पर एक अजीब सा सुकून था, जैसे कोई बहुत भारी कर्ज उतर गया हो।

"थैंक यू, अनाया... मुझे खुद से मिलाने के लिए," कबीर ने एक हल्की, सच्ची मुस्कान के साथ कहा।

अनाया ने मुस्कुराकर अपनी जेब से कबीर का वही पुराना कैमरा निकाला जो वह लोधी डिस्ट्रिक्ट में भूल गया था। "चलो, अब इस

मुस्कान को कैमरे में कैद करो। और हाँ, कल से मुझे कैफे में कॉफी नहीं, सिर्फ चाय चाहिए!"

अध्याय 5: दिल के तार और एक अनकहा इकरार

आँचल की यादों को एक खूबसूरत विदाई देने के बाद, कबीर के जीवन में एक नया सवेरा हुआ था। अब वह कमरे में कैद रहने वाला कबीर नहीं था। उसकी डायरी में अब सिर्फ दर्द के अफसाने नहीं, बल्कि सुबह की गुनगुनी धूप, परिंदों की चहचहाहट और अनाया की बातें जगह लेने लगी थीं।

'द विंटेज कॉर्नर' कैफे की उस खिड़की वाली टेबल पर अब कबीर के हाथ में ब्लैक कॉफी की जगह अक्सर अदरक वाली कड़क चाय का कुल्हड़ होता था।

"मानना पड़ेगा कबीर, चाय का रंग तुम पर चढ़ने लगा है!" अनाया ने कैफे में कदम रखते ही अपनी वही चिर-परिचित मुस्कान के साथ कहा।

कबीर ने अपनी डायरी बंद की, उसे देखा और मुस्कुराया। "जब रंग लगाने वाली इतनी जिद्दी हो, तो कैनवास कब तक सफेद रहता?"

अनाया अपनी सीट पर बैठी। आज वह कुछ शांत थी, उसकी आँखों में हमेशा रहने वाली शरारत की जगह एक अजीब सी कशिश और हिचकिचाहट थी। कबीर ने उसकी इस खामोशी को भांप लिया।

"क्या बात है अनाया? आज इतनी शांति? तुम्हारी पेंटिंग एग्जीबिशन की तैयारियां कैसी चल रही हैं?" कबीर ने पूछा।

"तैयारियां तो पूरी हैं कबीर। अगले हफ्ते नेशनल गैलरी में मेरी पहली बड़ी एग्जीबिशन है। कॉलेज के बाद यह मेरा सबसे बड़ा सपना था,"

अनाया ने खिड़की के बाहर देखते हुए कहा, लेकिन उसकी आवाज में वो उत्साह नहीं था जो हमेशा होता था।

"यह तो बहुत बड़ी खुशखबरी है! फिर तुम उदास क्यों हो?" कबीर ने फिक्रमंद होते हुए उसका हाथ थामना चाहा, पर रुक गया।

अनाया ने कबीर की आँखों में सीधे देखा। "क्योंकि इस एग्जीबिशन के ठीक दो दिन बाद, मैं हमेशा के लिए पेरिस जा रही हूँ, कबीर। मुझे वहाँ के एक बहुत बड़े आर्ट स्कूल से आगे की पढ़ाई के लिए स्कॉलरशिप मिली है। पापा ने टिकट्स भी बुक करवा दिए हैं।"

यह सुनते ही कबीर के हाथ से चाय का कुल्हड़ छूटते-छूटते बचा। कैफे का शोर जैसे अचानक थम गया। कबीर को ऐसा लगा मानो किसी ने उसकी नई-नवेली रंगीन दुनिया से सारे रंग एक झटके में छीन लिए हों।

"पेरिस...? हमेशा के लिए?" कबीर की आवाज बेहद धीमी हो गई।

"हमेशा के लिए तो नहीं, पर अगले तीन-चार सालों के लिए तो जरूर," अनाया ने अपनी नजरें झुका लीं। "मैं खुश हूँ कि मेरा सपना पूरा हो रहा है, लेकिन... लेकिन मेरा दिल यहाँ से जाने को तैयार नहीं है।"

कबीर ने एक गहरी सांस ली। उसका दिल चीख-चीख कर अनाया को रोकना चाहता था। वह कहना चाहता था कि 'मत जाओ, तुम्हारे बिना मैं फिर से उस अंधेरे में खो जाऊँगा।' लेकिन वह जानता था कि अनाया के सपने कितने कीमती हैं। वह उसके पंखों को बांधना नहीं चाहता था।

कबीर ने अपने चेहरे पर एक झूठी मुस्कान लाई और अनाया का हाथ अपने हाथों में ले लिया। "यह तो बहुत गर्व की बात है, अनाया। तुम्हें तो

खुश होना चाहिए। पेरिस कला की दुनिया का दिल है, तुम्हारी पेंटिंग्स को वहाँ एक नया आसमान मिलेगा।"

"और तुम्हारा क्या कबीर? क्या तुम्हें मेरी कमी महसूस नहीं होगी?" अनाया की आँखों में आंसू तैरने लगे। वह कबीर के मुंह से वो शब्द सुनना चाहती थी जो उसे रोक लें।

"कमी तो बहुत खलेगी अनाया... लेकिन तुम्हारी कामयाबी की खुशी उस कमी से कहीं बड़ी होगी," कबीर ने अपने दिल पर पत्थर रखकर कहा। उसकी खुद की आँखें भी भीग चुकी थीं।

अनाया ने अपना हाथ धीरे से कबीर के हाथ से छुड़ाया, अपने आंसू पोंछे और खड़ी हो गई। "तुम बहुत अच्छे इंसान हो कबीर... और बहुत अच्छे लेखक भी। काश, तुम अपने दिल की बात भी उतनी ही आसानी से कह पाते, जितना डायरी में लिखते हो।"

बिना पीछे मुड़े, अनाया कैफे से बाहर निकल गई। कबीर वहीं बैठा रह गया। बारिश फिर से शुरू हो चुकी थी, और इस बार वह कबीर की आँखों से भी बरस रही थी। कबीर ने अपनी डायरी खोली और कांपते हाथों से पन्ने पर लिखा:

"तुमने सिखाया था कि जिंदगी में मिठास न हो तो जीने का मजा क्या... अब जब तुम जा रही हो, तो यह मिठास अपने साथ लिए जा रही हो।"

अध्याय 6: आखिरी दास्तान और पेरिस की फ्लाइट

गैलरी ऑफ मॉडर्न आर्ट में पैर रखने की जगह नहीं थी। चारों तरफ दिल्ली के बड़े-बड़े आर्ट लवर्स, क्रिटिक्स और मीडिया के लोग मौजूद थे। हर कोई एक उभरती हुई युवा पेंटर—अनाया की तारीफों के पुल बांध रहा था। लेकिन अनाया, जो सफेद साड़ी में बेहद खूबसूरत लग रही थी, उसकी नजरें लगातार गैलरी के मुख्य दरवाजे पर टिकी थीं।

वह कबीर को ढूंढ रही थी। आज उसका सबसे बड़ा दिन था, लेकिन जिसके बिना उसकी कला अधूरी थी, वही कहीं नजर नहीं आ रहा था।

"बधाई हो अनाया! तुम्हारी पेंटिंग्स वाकई कमाल हैं," उसके दोस्तों ने कहा।

"थैंक यू," अनाया ने एक फीकी मुस्कान के साथ जवाब दिया।

तभी उसकी नजर गैलरी के सबसे आखिरी कोने पर पड़ी। वहाँ उसकी सबसे पसंदीदा पेंटिंग टंगी थी—वही, जिसमें कबीर कैफे में बैठा था और उसकी डायरी से तितलियाँ उड़ रही थीं। उस पेंटिंग के ठीक सामने एक शख्स ब्लैक कोट पहने, पीठ किए खड़ा था।

अनाया के कदम खुद-ब-खुद उस तरफ बढ़ गए। धड़कनें तेज हो गईं। जैसे ही वह पास पहुँची, उस शख्स ने रुख बदला। वह कबीर था। उसकी आँखों में एक अजीब सी चमक और चेहरे पर एक साफ सुथरी मुस्कान थी।

"पेंटिंग बहुत खूबसूरत है, अनाया। खासकर इसका बैकग्राउंड," कबीर ने बड़े प्यार से कहा।

"तुम आ गए? मुझे लगा तुम नहीं आओगे," अनाया की आवाज में नाराजगी और राहत दोनों थी।

"मैं अपनी जिंदगी के सबसे खूबसूरत रंगों की नुमाइश कैसे मिस कर सकता था?" कबीर ने उसकी आँखों में देखते हुए कहा।

अनाया ने नजरें झुका लीं। "कल सुबह मेरी फ्लाइट है कबीर। शायद... इसके बाद हम कभी न मिलें।"

कबीर ने अपनी जेब से एक पैकेट निकाला, जो बेहद करीने से गिफ्ट रैप किया हुआ था। उसने वह पैकेट अनाया के हाथों में थमा दिया। "यह तुम्हारे लिए। इसे कल फ्लाइट में बैठकर ही खोलना। मुझसे वादा करो।"

अनाया ने कबीर की तरफ देखा, उसकी आँखों में सवाल थे, लेकिन उसने धीरे से सिर हिला दिया। "वादा करती हूँ।"

अगली सुबह: इंदिरा गांधी इंटरनेशनल एयरपोर्ट

एयरपोर्ट का लाउंज खचाखच भरा था। अनाया अपनी फ्लाइट की अनाउंसमेंट का इंतजार कर रही थी। उसका दिल भारी था, और बार-बार उसका ध्यान अपनी बैग में रखे कबीर के उस तोहफे की तरफ जा रहा था। आखिरकार, खुद को न रोक पाने के कारण उसने पैकेट खोल ही दिया।

अंदर कबीर की वही पुरानी चमड़े की डायरी थी।

अनाया ने हैरान होकर उसका पहला पन्ना पलटा। वह खाली था। दूसरा पन्ना... खाली था। उसने तेजी से पन्ने पलटने शुरू किए, पूरी डायरी खाली थी! कबीर ने अपनी जिंदगी के सारे दर्द भरे पन्ने फाड़कर फेंक दिए थे।

लेकिन डायरी के बिल्कुल आखिरी पन्ने पर कबीर की खूबसूरत हैंडराइटिंग में एक खत लिखा था:

"प्रिय अनाया,

तुम कहती थी न कि मेरी डायरी के पुराने पन्ने दर्द देते हैं। तुमने सही कहा था। इसलिए मैंने उन सारे पन्नों को अपनी जिंदगी से हमेशा के लिए आजाद कर दिया है। अब यह डायरी बिल्कुल खाली है... एक कोरे कैनवास की तरह।

मैं तुम्हें रोकने के लिए एयरपोर्ट नहीं आऊंगा, क्योंकि मैं तुम्हारी उड़ानों का पिंजरा नहीं, तुम्हारा खुला आसमान बनना चाहता हूँ। पेरिस जाओ, अपने सारे सपने पूरे करो। लेकिन याद रखना, इस डायरी के खाली पन्ने अब सिर्फ तुम्हारे इंतजार और हमारी नई कहानी के लिखे जाने का इंतजार कर रहे हैं।

मैं इसी शहर में, 'द विंटेज कॉर्नर' की उसी खिड़की वाली टेबल पर, दो कप अदरक वाली कड़क चाय का ऑर्डर देकर तुम्हारा इंतजार करूँगा। चाहे तीन साल लगें या पूरी जिंदगी... मेरी चाय की मिठास अब सिर्फ तुमसे है।

सफर मुबारक हो, मेरी जिंदगी के सबसे खूबसूरत रंग।

— तुम्हारा कबीर"

खत पढ़ते-पढ़ते अनाया के गालों पर आंसू लुढ़क आए, लेकिन इस बार इन आंसुओं में जुदाई का गम नहीं, बल्कि मिलन की एक अटूट उम्मीद थी। उसने डायरी को अपने दिल से लगा लिया। उसे समझ आ गया था कि दूरी चाहे कितनी भी हो, उनके दिल के तार हमेशा के लिए जुड़ चुके थे।

खिड़की से बाहर रनवे पर प्लेन उड़ान भरने के लिए तैयार था, और दिल्ली के एक छोटे से कैफे में, कबीर ने मुस्कुराते हुए घड़ी की तरफ देखा और वेटर से कहा— "भैया, दो कप कड़क अदरक वाली चाय लाना... एक अभी के लिए, और एक यादों के लिए।"

तीन साल बाद

अध्याय 7: तीन साल बाद, सीन नदी और पुरानी दिल्ली

पेरिस, फ्रांस।

सीन नदी (River Seine) के किनारे बने एक छोटे से आर्ट स्टूडियो की खिड़की से बाहर एफिल टॉवर साफ नजर आ रहा था। बाहर हल्की बर्फबारी हो रही थी, लेकिन स्टूडियो के अंदर रंगों की गर्मी और कशिश बिखरी हुई थी।

अनाया अपने कैनवास के सामने खड़ी थी। इन तीन सालों में उसने पेरिस की कला जगत में अपनी एक खास पहचान बना ली थी। उसके हुनर की तारीफ पूरे यूरोप में थी। लेकिन आज, उसकी ब्रश किसी पेरिस की इमारत को नहीं, बल्कि एक जाने-पहचानी धुंधली सी शक्ल को कैनवास पर उतार रही थी—एक लड़का, जिसके हाथ में चाय का कुल्हड़ था।

तभी उसके फोन की स्क्रीन चमक उठी। एक मैसेज था:

"चाय ठंडी हो रही है, अनाया। और बिटर कॉफी अब मुझसे पी नहीं जाती।"

अनाया के चेहरे पर एक ऐसी मुस्कान आई जो पिछले तीन सालों में पेरिस की कोई भी बड़ी कामयाबी उसके चेहरे पर नहीं ला पाई थी। उसने अपनी ब्रश रखी, कैनवास को एक कपड़े से ढका और सूटकेस की तरफ बढ़ गई जो पहले से ही पैक था।

एक हफ्ते बाद: पुरानी दिल्ली, 'द विंटेज कॉर्नर' कैफे

दिल्ली में मानसून की पहली बारिश हो रही थी। मिट्टी की सोंधी खुशबू हवा में घुली हुई थी। कैफे की उसी खिड़की वाली टेबल पर कबीर बैठा था।

इन तीन सालों में कबीर काफी बदल चुका था। उसकी पहली किताब, जो उसने अनाया के जाने के बाद लिखी थी, एक बेस्टसेलर बन चुकी थी। अब वह एक जाना-माना लेखक था, लेकिन उसका ठिकाना आज भी वही कैफे का कोना था। उसने अपनी वही पुरानी चमड़े की डायरी खोली, जिसके शुरुआती पन्ने अब कबीर और अनाया की दूरियों की खूबसूरत कविताओं से भरे हुए थे।

वेटर ने टेबल पर दो कप कड़क अदरक वाली चाय लाकर रखी। कबीर ने घड़ी देखी—शाम के ठीक 5 बज रहे थे। उसने एक ठंडी सांस ली और खिड़की से बाहर देखने लगा।

तभी कैफे का दरवाजा तेजी से खुला। हवा के एक झोंके के साथ बारिश की कुछ बूंदें अंदर आईं।

"भैया, इस चाय में थोड़ी चीनी कम है... और राइटर साहब की जिंदगी में मिठास थोड़ी ज्यादा!"

कबीर का दिल जैसे एक पल के लिए थम गया। उसने झटके से सिर घुमाया।

सामने अनाया खड़ी थी। नीले रंग के कुर्ते में, बाल बारिश के पानी से थोड़े भीगे हुए, कानों में वही बड़े-बड़े झुमके और आँखों में वही पुरानी, शरारती चमक। उसके हाथ में कोई पेंटिंग बोर्ड नहीं था, बस एक छोटा सा बैग था और चेहरे पर दुनिया की सबसे खूबसूरत मुस्कान थी।

कबीर अपनी जगह से खड़ा हो गया। शब्दों ने जैसे उसका साथ छोड़ दिया था। "अनाया... तुम?"

अनाया चलकर उसके करीब आई। उसने बिना कुछ बोले कबीर की टेबल पर रखी उस डायरी को उठाया, उसका अगला खाली पन्ना खोला और अपनी जेब से एक चारकोल पेंसिल निकालकर उस पर एक छोटा सा दिल (heart) बना दिया।

"मैंने कहा था न कबीर, तुम्हारी इस खाली डायरी में अपने रंग भरने मैं जरूर वापस आऊँगी। पेरिस की हर पेंटिंग अधूरी थी, क्योंकि मेरा कैनवास तो यहाँ इस कैफे में बैठा था," अनाया की आवाज भावुक हो गई थी।

कबीर ने आगे बढ़कर अनाया का हाथ अपने हाथों में ले लिया। इस बार उसके हाथों में कोई झिझक नहीं थी, कोई डर नहीं था।

"अब तुम्हें कहीं जाने की जरूरत नहीं है, अनाया। मेरी कहानी तुम्हारे बिना अधूरी थी," कबीर ने उसकी आँखों में देखते हुए कहा।

"मैं अब कहीं नहीं जा रही, मिस्टर राइटर। अब से हर शाम, सिर्फ चाय और तुम," अनाया ने मुस्कुराते हुए कहा।

दोनों ने अपनी-अपनी चाय का कुल्हड़ उठाया और एक-दूसरे से टकराया—एक नई शुरुआत के लिए। खिड़की के बाहर बारिश तेज हो

रही थी, लेकिन उस कैफे के कोने में, दो दिल अपनी मुकम्मल दास्तान लिख रहे थे

अध्याय 8: नई शुरुआत और एक नया नाम

द विंटेज कॉर्नर' में उस शाम जो चाय का दौर शुरू हुआ था, वह अब हमेशा के लिए कबीर और अनाया की जिंदगी का हिस्सा बन चुका था। अनाया के वापस आने के बाद, पुरानी दिल्ली की उन गलियों को जैसे उनके प्यार का एक नया ठिकाना मिल गया था।

छह महीने बीत चुके थे। कबीर और अनाया ने अब अपनी जिंदगी को एक नया मोड़ देने का फैसला किया था। वे अब सिर्फ एक कैफे के कोने में मिलने वाले दो प्रेमी नहीं थे, बल्कि एक-दूसरे के हमसफर बनने जा रहे थे।

कबीर और अनाया का 'आर्ट स्टूडियो'

पुरानी दिल्ली की एक पुरानी हवेली की छत को दोनों ने मिलकर एक खूबसूरत जगह में बदल दिया था। एक तरफ कबीर की किताबों की रैक थी, जहाँ उसकी लिखी कहानियों के ड्राफ्ट रखे थे, और दूसरी तरफ अनाया के बड़े-बड़े कैनवास और बिखरे हुए रंग।

आज का दिन बेहद खास था। कबीर की नई किताब रिलीज होने वाली थी। यह किताब किसी काल्पनिक कहानी पर नहीं, बल्कि उन दोनों की अपनी दास्तान पर आधारित थी—उनके मिलने, बिछड़ने और फिर से एक होने की कहानी।

"कबीर! जरा यहाँ आना," अनाया ने स्टूडियो के दूसरे कोने से आवाज लगाई। वह अपने हाथ में कबीर की नई किताब की पहली छपी हुई कॉपी लिए खड़ी थी।

कबीर अपनी टेबल से उठा और उसके पास आया। "क्या हुआ अनाया? कवर पसंद नहीं आया क्या?"

"कवर तो बहुत खूबसूरत है... लेकिन तुमने यह क्या किया?" अनाया ने किताब के मुख्य पृष्ठ (Title Page) की तरफ इशारा किया, जहाँ लेखक का नाम लिखा था।

आमतौर पर कबीर अपनी किताबें अपने असली नाम 'कबीर' से ही लिखता था, लेकिन इस बार किताब के कवर पर बड़े-बड़े अक्षरों में लेखक का नाम लिखा था— कृष्ण यादव (Krishna Yadav)।

कबीर ने मुस्कुराते हुए अनाया को कमर से थाम लिया। "तुमने ही तो कहा था न अनाया, कि कबीर का मतलब होता है शांत और गंभीर। लेकिन तुमने मेरी जिंदगी में आकर जो मिठास घोली है, उसके बाद मुझे लगा कि मेरी कहानियों को अब एक नया नाम, एक नई पहचान मिलनी चाहिए। 'कृष्ण'... जो प्रेम का प्रतीक है।"

अनाया की आँखों में खुशी के आंसू आ गए। उसने किताब को अपने सीने से लगा लिया। "कृष्ण यादव... सुनने में बहुत खूबसूरत लगता है। तुम्हारी लेखनी को यह नाम हमेशा अमर रखेगा।"

चाय, तुम और एक नई डायरी

शाम ढल रही थी और दिल्ली के आसमान पर लाल और नारंगी रंग बिखर रहे थे। अनाया ने केतली से दो कप अदरक वाली कड़क चाय छानी और कबीर की तरफ बढ़ा दी।

कबीर ने चाय का कप लिया और अपनी टेबल से एक बिल्कुल नई डायरी उठाई। यह डायरी पहले वाली डायरी की तरह पुरानी और चमड़े की नहीं थी, बल्कि इसका कवर बेहद रंगीन था, जिसे खुद अनाया ने पेंट किया था।

"तो मिस्टर कृष्ण यादव, इस नई डायरी का पहला पन्ना क्या कहता है?" अनाया ने चाय की चुस्की लेते हुए पूछा।

कबीर ने पेन उठाया, अनाया की आँखों में देखा और मुस्कुराते हुए डायरी के पहले कोरे पन्ने पर लिखना शुरू किया:

"कहानी कभी खत्म नहीं होती, वह बस एक नया मोड़ लेती है। कबीर के खाली पन्नों को अनाया के रंग मिल गए, और अब इस नए सफर का नाम है— 'विल यू मीट' (Will You Meet)। क्योंकि प्रेम में हर अंत, एक नई मुलाकात की शुरुआत होता है।"

अनाया ने अपना सिर कबीर के कंधे पर रख दिया। दूर मस्जिद से अज़ान की आवाज गूंज रही थी, और मंदिर के घंटों की ध्वनि हवा में तैर रही थी। उस ढलती हुई शाम में, कड़क चाय की खुशबू के बीच, 'कृष्ण यादव' की कलम से एक अमर प्रेम कहानी का अगला अध्याय लिखा जा रहा था।

अध्याय 9: 'विल यू मीट' और पहला कदम

गैलरी का माहौल आज किसी त्योहार जैसा था। हर तरफ गेंदे के फूलों की महक और धीमी आवाज में बजता हुआ सितार का संगीत गूंज रहा था। आज सिर्फ अनाया की पेंटिंग्स की प्रदर्शनी नहीं थी, बल्कि लेखक कृष्ण यादव की नई किताब 'विल यू मीट' (Will You Meet) का भव्य विमोचन (Book Launch) भी था।

हॉल के बीचों-बीच एक बड़ा सा बोर्ड लगा था, जिस पर किताब का कवर प्रिंट था। कवर पर एक धुंधली सी बारिश की पृष्ठभूमि में दो हाथ एक-दूसरे का थामने की कोशिश कर रहे थे, और नीचे लिखा था— लेखक: कृष्ण यादव।

"मुझे अभी भी यकीन नहीं हो रहा है कि तुम्हारी पूरी डायरी अब एक किताब की शक्ल ले चुकी है," अनाया ने कबीर (कृष्ण) के कुर्ते की कॉलर को ठीक करते हुए धीरे से कहा। वह खुद आज एक खूबसूरत लाल बॉर्डर वाली चंदेरी साड़ी में बेहद प्यारी लग रही थी।

कबीर ने उसका हाथ पकड़ लिया और मुस्कुराया। "यह सिर्फ मेरी डायरी नहीं है अनाया, यह हमारे उन तीन सालों के इंतजार का हिसाब है। और इस नाम के बिना यह कहानी कभी पूरी नहीं होती।"

मंच पर कृष्ण यादव

"अब मैं मंच पर आमंत्रित करना चाहूँगी इस सदी के सबसे जज्बाती लेखक, मिस्टर कृष्ण यादव को!" एंकर की आवाज गूंजते ही पूरा हॉल तालियों की गड़गड़ाहट से गूंज उठा।

कबीर ने अनाया की तरफ देखा, जिसने आँखों ही आँखों में उसे शुभकामनाएं दीं। वह कदम बढ़ाता हुआ मंच पर पहुँचा और माइक के सामने खड़ा हुआ। सामने सैकड़ों की भीड़ थी, मीडिया के

कैमरे थे, लेकिन उसकी नजरें सबसे पीछे खड़ी अनाया पर जाकर ठहर गईं।

"नमस्कार," कबीर की गहरी और गंभीर आवाज ने पूरे हॉल में सन्नाटा ला दिया। "लोग मुझसे अक्सर पूछते हैं कि 'विल यू मीट' (क्या तुम मिलोगे?) एक सवाल है या उम्मीद? मैं उनसे कहता हूँ कि यह एक कला है। जब आपकी जिंदगी से सारे रंग चले जाएं, तब भी किसी के लौट आने का जो यकीन होता है, उसी का नाम 'विल यू मीट' है।"

उसने अपनी किताब खोली और उसका एक अंश पढ़ने लगा:

"मोहब्बत सिर्फ पास रहने का नाम नहीं है। मोहब्बत तो उस कड़क चाय की तरह है, जिसे पकने में वक्त लगता है, जो खौलती है, उबलती है... लेकिन जब तैयार होती है, तो सुकून दे जाती है। मेरी जिंदगी के खाली कैनवास पर जिसने रंग भरे, यह किताब उसी रंग के नाम है।"

एक बार फिर पूरा हॉल तालियों से गूंज उठा। अनाया की आँखों में गर्व के आंसू थे। वह जानती थी कि कबीर ने आज अपने अतीत के हर डर पर जीत हासिल कर ली थी।

सफलता की एक शाम

प्रोग्राम खत्म होने के बाद, जब सब लोग जा चुके थे, कबीर और अनाया उसी हॉल के एक कोने में बैठे थे। दोनों के हाथ में चाय के दो डिस्पोजेबल कप थे। कबीर थका हुआ था, लेकिन उसके चेहरे पर एक असीम शांति थी।

"तो मिस्टर बेस्टसेलर लेखक, अब आगे का क्या प्लान है?" अनाया ने कबीर के कंधे पर अपना सिर टिकाते हुए पूछा।

कबीर ने अपनी नई डायरी निकाली और अनाया के सामने रख दी। "आगे का प्लान यह डायरी लिखेगी। इस किताब की सफलता तो बस एक शुरुआत है। अभी 'कृष्ण यादव' की कलम को तुम्हारे साथ मिलकर कई नए शहर देखने हैं, कई नई पेंटिंग्स को शब्दों में ढालना है।"

अनाया ने मुस्कुराकर चाय की चुस्की ली। "मुझे मंजूर है। लेकिन याद रखना, अगली कहानी में चाय की मिठास थोड़ी और ज्यादा होनी चाहिए।"

बारिश एक बार फिर दिल्ली की सड़कों को भिगोने लगी थी, और उस खाली पड़े हॉल में, रोशनी के बीच, दो दिल अपने आने वाले कल के खूबसूरत सपनों को बुन रहे थे।

अध्याय 10: मुकम्मल दास्तान और एक नया कैनवास

दिल्ली की सर्द हवाओं में इस बार एक अलग ही गर्माहट थी। 'विल यू मीट' की सफलता ने कृष्ण यादव को साहित्य की दुनिया का एक चमकता हुआ सितारा बना दिया था। हर बड़े लिटरेचर फेस्टिवल और बुक फेयर में उनकी किताब की चर्चा थी। लेकिन इन सब चकाचौंध से दूर, कबीर और अनाया के लिए सबसे बड़ा सुकून आज भी उनकी उसी पुरानी हवेली की छत पर था, जहाँ कला और शब्दों का एक खूबसूरत संगम होता था।

आज की शाम कुछ ज्यादा ही खास थी। अनाया की कला प्रदर्शनी और कबीर की किताब के शानदार सफर को पूरा एक साल हो चुका था। छत को छोटे-छोटे पीले बल्बों की रोशनी और मोगरे के फूलों से सजाया गया था। कोने में रखे पुराने ग्रामोफोन पर जगजीत सिंह की एक धीमी गजल बज रही थी, जो माहौल में एक रूहानी सुकून घोल रही थी।

अनाया छत की मुंडेर पर खड़ी होकर पुरानी दिल्ली की जगमगाती रोशनी को देख रही थी। हवा के झोंकों से उसकी साड़ी का पल्लू बार-बार लहरा रहा था। कबीर दो कप कड़क अदरक वाली चाय लेकर सीढ़ियों से ऊपर आया। उसने एक कप अनाया की तरफ बढ़ाया।

"इतनी गहरी सोच में कहाँ खोई हो, अनाया?" कबीर ने चाय की चुस्की लेते हुए पूछा।

अनाया ने मुड़कर उसे देखा, उसकी आँखों में एक असीम तृप्ति थी। "मैं बस सोच रही थी कबीर... कि समय कितनी जल्दी बदल जाता है। तीन साल पहले जब मैं पहली बार 'द विंटेज कॉर्नर' के उस कोने में आई थी, तब तुम एक उदास, खामोश लेखक थे जो अपनी ही यादों के पिंजरे में

बंद था। और आज... आज तुम लाखों दिलों में अपनी कहानियों से उम्मीद जगा रहे हो।"

कबीर ने मुस्कुराकर अनाया का हाथ थाम लिया। "और तुम यह भूल रही हो कि उस खामोश लेखक को 'कृष्ण यादव' बनाने वाली तुम ही हो। अगर उस दिन तुमने जबरदस्ती मुझे वो कड़क चाय न पिलाई होती, और मेरी बेरंग डायरी में अपने प्यार के रंग न भरे होते, तो शायद मैं आज भी उसी अंधेरे कोने में बैठा होता।"

अनाया ने अपना सिर कबीर के मजबूत कंधे पर टिका दिया। चाय से उठती हुई भाप हवा में मिलकर गायब हो रही थी, बिल्कुल वैसे ही जैसे कबीर की जिंदगी के सारे पुराने दर्द अब गायब हो चुके थे।

"कबीर," अनाया ने धीरे से कहा, "क्या हमारी कहानी अब पूरी हो गई है? 'विल यू मीट' का जवाब मिल गया है?"

कबीर ने अपनी जेब से वही रंगीन डायरी निकाली जिसके पन्नों पर वे दोनों मिलकर अपनी जिंदगी के नए पल लिख रहे थे। उसने डायरी का एक पन्ना खोला, जहाँ 'विल यू मीट' के आगे एक नया शीर्षक लिखा हुआ था— 'वी मेट एंड फॉरएवर' (We Met and Forever)।

"कहानी कभी खत्म नहीं होती, अनाया," कबीर ने गहराई से कहा। "किताबें खत्म हो सकती हैं, पन्ने भर सकते हैं, लेकिन जो कहानी रूह से लिखी जाती है, वह हर रोज एक नया जन्म लेती है। हमारा 'फॉरएवर' तो अभी बस शुरू हुआ है। अब इस डायरी में हमारे आने वाले कल के

किस्से लिखे जाएंगे। हमारे सफर के, हमारी अगली मुलाकातों के, और उस अटूट विश्वास के जो हमें हमेशा जोड़े रखेगा।"

अनाया ने मुस्कुराते हुए कबीर की आँखों में देखा। उन आँखों में अब अतीत का कोई धुंधलका नहीं था, बल्कि एक खूबसूरत और उज्ज्वल भविष्य का साफ अक्स नजर आ रहा था। दोनों ने अपने चाय के कुल्हड़ को एक-दूसरे से टकराया। पुरानी दिल्ली की उस खामोश रात में, सितारों की छांव तले, 'कृष्ण' और उसकी 'राधा' की

सफलता एक ऐसा पड़ाव है जहाँ पहुँचकर अक्सर लोग ठहर जाना चाहते हैं, लेकिन कबीर (जो अब साहित्य जगत में 'कृष्ण यादव' के नाम से स्थापित हो चुके थे) और अनाया के लिए यह केवल एक नई यात्रा की शुरुआत थी। 'विल यू मीट' और 'वी मेट एंड फॉरएवर' की सफलता ने उन्हें केवल नाम और शोहरत नहीं दी थी, बल्कि उनके कंधों पर एक बड़ी जिम्मेदारी भी डाल दी थी। जिम्मेदारी उन अनकहे जज्बातों को आवाज देने की, जिन्हें दुनिया अक्सर शोरगुल में भूल जाती है।

जून का महीना था। दिल्ली की गर्मी अपने चरम पर थी, लेकिन दोपहर के बाद अचानक मौसम ने करवट ली और आसमान में काले-घने बादलों का डेरा जमा हो गया। पुरानी दिल्ली की उस पुश्तैनी हवेली की छत पर, जिसे दोनों ने अपने कलात्मक संसार में बदल दिया था, हवाओं में एक सोंधी सी ठंडक घुलने लगी थी।

अनाया एक बड़े से कैनवास के सामने खड़ी थी। उसके हाथ में पैलेट था, जिस पर गहरे नीले, भूरे और सुनहरे रंग बिखरे हुए थे। वह पिछले कई दिनों से एक नई पेंटिंग पर काम कर रही थी, लेकिन उसे वह मुकम्मल आकार नहीं मिल पा रहा था जिसकी उसे तलाश थी। वह बार-बार ब्रश उठाती और फिर कुछ सोचकर रख देती।

कबीर सीढ़ियों से ऊपर आया। उसके हाथ में हमेशा की तरह दो मिट्टी के कुल्हड़ थे, जिनमें से कड़क अदरक वाली चाय की खुशबू हवा में तैर

रही थी। उसने अनाया को इस तरह उलझन में देखा तो चुपचाप जाकर उसकी बगल में खड़ा हो गया।

"जब एक कलाकार की ब्रश थम जाए, तो समझ लेना चाहिए कि उसके अंदर का तूफान कैनवास के दायरे से बड़ा हो गया है," कबीर ने चाय का कुल्हड़ अनाया की तरफ बढ़ाते हुए धीमी और गंभीर आवाज में कहा।

अनाया ने चौंककर कबीर की तरफ देखा, फिर एक गहरी सांस लेकर चाय का कुल्हड़ थाम लिया। उसने चाय की एक चुस्की ली और कैनवास की तरफ देखते हुए कहा, "तुम बिल्कुल सही कह रहे हो, कृष्ण। मैं कुछ ऐसा बनाना चाहती हूँ जो केवल देखा न जाए, बल्कि महसूस किया जाए। लेकिन पेरिस की कला और दिल्ली की इस मिट्टी के बीच का जो संतुलन है, वह कहीं खो रहा है।"

कबीर ने कैनवास को ध्यान से देखा। उस पर एक पुराने रेलवे स्टेशन की रूपरेखा दिख रही थी, जहाँ धुंध और रोशनी का एक अजीब सा खेल चल रहा था। "संतुलन खो नहीं रहा है, अनाया। तुम बस बहुत ज्यादा सोच रही हो। कला दिमाग से नहीं, दिल के अनियंत्रित पलों से जनमती है। याद है तुमने मुझसे क्या कहा था? 'थोड़े रंग लगाओ, थोड़े बिखरो'।"

अनाया के चेहरे पर एक पुरानी, जानी-पहचानी मुस्कान तैर गई। उसने कबीर के कंधे पर अपना सिर टिका दिया। "हाँ, याद है। लेकिन तब तुम कबीर थे—शांत, रूखे और गंभीर। अब तुम 'कृष्ण यादव' हो, एक मशहूर लेखक। अब तुम्हें समझाना आसान नहीं है।"

कबीर हँस पड़ा। "मैं दुनिया के लिए कृष्ण यादव हो सकता हूँ, अनाया, लेकिन तुम्हारी इस चाय और इस डायरी के लिए मैं आज भी वही पुराना कबीर हूँ, जो तुम्हारी एक मुस्कान पर अपने सारे शब्द हार जाता है।"

दोनों कुछ देर खामोशी से खड़े रहे, चाय पीते रहे और आसमान में उमड़ते बादलों को देखते रहे। तभी कबीर के फोन पर एक ईमेल की

टोन बजी। उसने फोन निकाला और ईमेल पढ़ने लगा। जैसे-जैसे वह पढ़ रहा था, उसके चेहरे के भाव गंभीर होते जा रहे थे।

"क्या हुआ, कबीर? कोई समस्या है?" अनाया ने उसकी गंभीरता को भांपते हुए पूछा।

कबीर ने फोन स्क्रीन अनाया की तरफ घुमा दी। "समस्या नहीं है, अनाया। यह एक बुलावा है। वाराणसी (बनारस) की काशी हिंदू यूनिवर्सिटी (BHU) से एक निमंत्रण आया है। वे चाहते हैं कि मैं वहाँ के एक बड़े साहित्य उत्सव में मुख्य वक्ता के रूप में शामिल हूँ और 'आधुनिक दौर में प्रेम और विरह' पर एक व्याख्यान दूँ। साथ ही, वे वहाँ की ललित कला अकादमी में तुम्हारी पेंटिंग्स की एक विशेष प्रदर्शनी भी आयोजित करना चाहते हैं।"

अनाया की आँखें चमक उठीं। "बनारस? घाट, गंगा की आरती, वो संकरी गलियाँ और सदियों पुराना ठहराव! कबीर, यह तो अद्‌भुत है। मुझे लगता है कि मेरे इस अधूरे कैनवास को उसके असली रंग वहीं मिलेंगे।"

कबीर ने आसमान की तरफ देखा, जहाँ अब बारिश की बूंदें गिरने लगी थीं। "हाँ, बनारस। कहते हैं वहाँ जाकर समय ठहर जाता है। और हमारी कहानी को इस समय एक ठहराव की ही जरूरत है।"

दिल्ली की व्यस्त जिंदगी को पीछे छोड़ते हुए, कबीर और अनाया तीन दिन बाद बनारस की पावन धरती पर थे। जब वे अस्सी घाट के पास स्थित एक पुराने हेरिटेज होटल में पहुँचे, तो सुबह की पहली किरण गंगा के पानी पर बिखर रही थी। सोने जैसी चमकती लहरें और दूर से आती शंख व घंटियों की आवाज ने उनका स्वागत किया।

होटल के कमरे की बालकनी सीधे गंगा नदी की तरफ खुलती थी। अनाया आते ही बालकनी में खड़ी हो गई और अपनी आँखें बंद करके वहाँ की हवा को महसूस करने लगी। हवा में एक अजीब सा सूफियाना

सुवास था—धूप, अगरबत्ती, गेंदे के फूल और जलती हुई चिताओं का धुंआ, जो जिंदगी और मौत के शाश्वत सत्य को एक साथ समेटे हुए था।

"यह शहर कितना जीवंत है, कबीर," अनाया ने बिना आँखें खोले कहा। "ऐसा लगता है जैसे यहाँ हर पत्थर की अपनी एक कहानी है, हर लहर का अपना एक गीत है।"

कबीर उसके पीछे आकर खड़ा हो गया और उसके कंधों पर एक शॉल डाल दी। "बनारस केवल एक शहर नहीं है, अनाया। यह एक अहसास है। यहाँ लोग जीने भी आते हैं और मुक्ति पाने भी। प्रेम और वैराग्य, दोनों का ऐसा मेल दुनिया में कहीं और नहीं मिलेगा।"

शाम को साहित्योत्सव की शुरुआत होनी थी, इसलिए दोपहर का समय दोनों के पास खुद के लिए था। उन्होंने तय किया कि वे बनारस की प्रसिद्ध गलियों और घाटों की सैर करेंगे।

बनारस की तंग गलियाँ, जहाँ दो लोग भी बमुश्किल एक साथ चल सकते थे, अनाया के लिए किसी जादुई भूलभुलैया जैसी थीं। हर नुक्कड़ पर कचौड़ी-सब्जी की महक, लस्सी की दुकानें और दीवारों पर बने हुए भगवान शिव के चित्र अनाया को अपनी ओर आकर्षित कर रहे थे। कबीर ने अपना पुराना कैमरा गले में लटका रखा था। वह हर उस लम्हे को कैद कर रहा था जहाँ अनाया की जिंदादिली इस प्राचीन शहर के साथ एकाकार हो रही थी।

"जरा रुको, अनाया!" कबीर ने अचानक कहा।

अनाया एक पुराने लकड़ी के दरवाजे के सामने खड़ी थी, जिस पर नीले रंग की नक्काशी की गई थी और पास ही एक बूढ़ा आदमी मिट्टी के बर्तनों पर नक्काशी कर रहा था। कबीर ने घुटने के बल बैठकर एक लो-एंगल शॉट लिया। कैमरे की 'क्लिक' आवाज के साथ ही अनाया ने मुड़कर कबीर को देखा।

"तुम अभी भी बहुत अच्छे फोटोग्राफर हो, मिस्टर कृष्ण यादव," अनाया ने चिढ़ाते हुए कहा।

"फोटोग्राफर अच्छा नहीं है, अनाया। सामने जो मॉडल है, उसकी सादगी इतनी गहरी है कि कैमरा खुद-ब-खुद बेहतरीन तस्वीरें खींच लेता है," कबीर ने कैमरे की स्क्रीन पर तस्वीर देखते हुए जवाब दिया।

वे चलते हुए दशाश्वमेध घाट पहुँचे। दोपहर ढल रही थी और घाट पर नाविक अपनी नावों को शाम की आरती के लिए तैयार कर रहे थे। कबीर ने एक छोटी लकड़ी की नाव किराए पर ली। जब नाव गंगा के बीच धारा में पहुँची, तो पूरा घाट एक विशाल रंगमंच की तरह दिखने लगा।

नाविक, एक बुजुर्ग बनारसी चाचा, अपनी चप्पू चलाते हुए गुनगुना रहे थे। कबीर ने उनसे पूछा, "चाचा, आप कितने सालों से यहाँ नाव चला रहे हैं?"

चाचा ने मुस्कुराते हुए अपनी पान से लाल हुई बत्तीसी दिखाई, "बाबू, जब से होश संभाला है, यही गंगा मैया की गोद है। हमारी तीन पीढ़ियां इसी पानी पर जी गईं और इसी पानी में मिल गईं।"

अनाया ने नाव के किनारे बैठकर पानी में अपना हाथ डाला। गंगा का पानी ठंडा और शांत था। "चाचा, आपको कभी इस एक ही जगह पर रहकर बोरियत नहीं होती? पूरी दुनिया इतनी बड़ी है, आप कभी बाहर नहीं गए?"

चाचा हँसे, एक गहरी और दार्शनिक हँसी। "बिटिया, जिसके पास गंगा मैया हो, उसे दुनिया की क्या दरकार? दुनिया घूमकर लोग अंत में यहीं तो आते हैं सुकून ढूंढने। जो सुकून इस घाट की सीढ़ियों पर बैठकर बीड़ी सुलगाने में है, वो तोहरे पेरिस-वेरिस में कहाँ मिलेगा!"

चाचा की इस बेबाक बनारसी बात पर कबीर और अनाया दोनों खिलखिलाकर हँस पड़े। कबीर ने अपनी जेब से वही रंगीन डायरी

निकाली और नाविक चाचा की कही बात को अपने शब्दों में पिरोने लगा। अनाया उसे लिखते हुए देख रही थी। उसे महसूस हुआ कि कबीर के लिखने की गति में अब एक नया प्रवाह था, जैसे गंगा की यह धारा उसके शब्दों को एक नई गति दे रही हो।

अगले दिन काशी हिंदू यूनिवर्सिटी के भव्य सभागार में पैर रखने की जगह नहीं थी। छात्र-छात्राएं, प्रोफेसर और साहित्य प्रेमी कृष्ण यादव को सुनने के लिए उत्सुक थे। मंच को बेहद सादगी और गरिमा के साथ सजाया गया था।

जब कबीर मंच पर आया, तो पूरा हॉल तालियों की गड़गड़ाहट से गूंज उठा। उसने सफेद कुर्ता-पायजामा और कंधे पर एक बनारसी सिल्क का स्कार्फ डाल रखा था, जिसमें वह एक सच्चे लेखक और विचारक के रूप में बेहद प्रभावशाली लग रहा था। अग्रिम पंक्ति में अनाया बैठी थी, जिसकी आँखें कबीर की सफलता को देखकर गर्व से गीली थीं।

कबीर ने माइक संभाला और कुछ पल शांत रहकर पूरी भीड़ को देखा। हॉल में एक गहरा सन्नाटा छा गया।

"बनारस की इस पावन ज्ञानभूमि को मेरा प्रणाम," कबीर ने शुरुआत की। "आज मुझे यहाँ 'प्रेम और विरह' पर बात करने के लिए बुलाया गया है। जब मैं इस शहर में आया, तो मैंने देखा कि यहाँ एक तरफ लोग घाटों पर उत्सव मना रहे हैं, शादियां हो रही हैं, और वहीं दूसरी तरफ मणिकर्णिका घाट पर चौबीसों घंटे चिताएं जल रही हैं। इस शहर ने मुझे सिखाया कि प्रेम और विरह दो अलग-अलग चीजें नहीं हैं।"

वह थोड़ा रुका, फिर अपनी बात को आगे बढ़ाते हुए बोला, "हम अक्सर सोचते हैं कि विरह का मतलब है सब कुछ खत्म हो जाना। जब कोई हमसे दूर चला जाता है, तो हमें लगता है कि हमारी जिंदगी बेरंग हो गई है। मैंने भी अपनी जिंदगी के कई साल इसी अंधेरे में गुजारे हैं। लेकिन विरह वास्तव में एक खाली कैनवास की तरह है। यह आपको मौका देता है कि आप अपने अंदर झांकें और उस खालीपन को नए

रंगों, नई यादों से भरें। प्रेम पाने का नाम नहीं है, प्रेम तो उस ठहराव का नाम है जो दूर रहकर भी आपको किसी के करीब रखता है। जैसे गंगा सागर में मिलकर भी बनारस को नहीं छोड़ती, वैसे ही सच्चा प्रेम दूरियों के बाद भी दिल से कभी अलग नहीं होता।"

कबीर के व्याख्यान के समाप्त होते ही पूरा सभागार खड़े होकर तालियां बजाने लगा (Standing Ovation)। प्रोफेसरों की आँखों में कबीर की बातों की गहराई का असर साफ दिख रहा था। कबीर मंच से नीचे उतरा और सीधे अनाया के पास आया।

"तुमने आज अद्भुत बात कही, कबीर," अनाया ने खड़े होते हुए कहा। "तुमने मेरे अंदर की उस उलझन को सुलझा दिया जो मैं अपनी पेंटिंग में महसूस कर रही थी।"

"मैंने कुछ नहीं कहा, अनाया। यह तो इस शहर की हवा का असर है," कबीर ने विनम्रता से कहा।

शाम को ललित कला अकादमी में अनाया की पेंटिंग्स की प्रदर्शनी का उद्घाटन था। वहाँ बनारस के स्थानीय कलाकारों और छात्रों की भारी भीड़ थी। अनाया की पेरिस और दिल्ली के अनुभवों से बनी पेंटिंग्स ने सबका दिल जीत लिया। लेकिन सबसे ज्यादा चर्चा उसी पेंटिंग की हो रही थी, जिसे अनाया ने दिल्ली की छत पर अधूरा छोड़ दिया था और बनारस आकर उसे पूरा किया था।

उस पेंटिंग में एक तरफ दिल्ली का आधुनिक कैफे था, बीच में गंगा की लहरें और अस्सी घाट की सीढ़ियाँ थीं, और दूसरी तरफ पेरिस का एफिल टॉवर धुंध में लिपटा हुआ था। इन सबके बीच एक धागा था जो इन तीनों दुनियाओं को जोड़ रहा था—चाय के दो कुल्हड़ और एक खुली हुई डायरी। पेंटिंग का शीर्षक था: "क्षितिज के पार भी तुम"।

एक प्रसिद्ध स्थानीय चित्रकार ने पेंटिंग को देखकर कहा, "इस पेंटिंग में जो रंगों का विरोधाभास है, वही इसकी जान है। यह दिखाती है कि प्रेम किसी भूगोल या सीमाओं का मोहताज नहीं होता।"

अनाया ने दूर खड़े कबीर को देखा और मुस्कुराई। उनकी कहानियों और कला ने एक-दूसरे को पूरा किया था।

बनारस यात्रा के आखिरी दिन, दोनों शाम के समय अस्सी घाट की प्रसिद्ध गंगा आरती देखने पहुँचे। घाट पर हजारों दीयों की रोशनी, सात पुजारियों के एक समान हिलते हुए भारी पीतल के दीपदान और हवा में गूंजते 'नमामि शमीशान निर्वाण रूपं' के मंत्रों ने एक अलौकिक माहौल बना दिया था।

कबीर और अनाया घाट की सबसे ऊपरी सीढ़ी पर बैठे थे, जहाँ से पूरी आरती और गंगा का विस्तार साफ नजर आ रहा था। आरती के दीयों का अक्स जब पानी पर तैर रहा था, तो ऐसा लग रहा था मानो पूरा आसमान जमीन पर उतर आया हो।

अनाया ने कबीर का हाथ थाम लिया। "कबीर, इस यात्रा ने मुझे एक बात सिखाई है।"

"क्या, अनाया?" कबीर ने उसकी तरफ मुड़ते हुए पूछा।

"कि हमारी यह कहानी सिर्फ हमारी नहीं है। दुनिया में ऐसे कितने ही लोग होंगे जो अपने किसी अधूरे प्रेम, किसी विरह या किसी अपराधबोध के पिंजरे में बंद होंगे। हमें उनके लिए कुछ करना चाहिए। हमें कला और शब्दों को केवल दीर्घाओं (galleries) और किताबों तक सीमित नहीं रखना चाहिए।"

कबीर उसकी बात की गहराई को समझ रहा था। "तुम्हारा क्या विचार है, अनाया?"

"मैं चाहती हूँ कि हम दिल्ली लौटकर एक ऐसा 'आर्ट एंड राइटिंग फाउंडेशन' शुरू करें, जहाँ उन युवाओं को मौका मिले जो समाज के पिछड़े तबकों से आते हैं, जिनके पास प्रतिभा है लेकिन अपनी भावनाओं को व्यक्त करने का कोई साधन नहीं है। हम उन्हें मुफ्त में

पेंटिंग और लेखन सिखाएंगे। तुम्हारी कहानियाँ और मेरी पेंटिंग्स उनके लिए एक जरिया बनेंगी।"

कबीर ने अनाया को देखा। उसकी आँखों में वही पुरानी जिंदादिली थी, लेकिन अब उसमें एक सामाजिक जिम्मेदारी और परिपक्वता की चमक भी जुड़ चुकी थी।

"अनाया, यह बहुत ही खूबसूरत विचार है," कबीर ने उसके हाथ को चूमते हुए कहा। "कृष्ण यादव की अगली किताब की पूरी रॉयल्टी इसी फाउंडेशन के नाम होगी। और इसका नाम हम रखेंगे— 'आँचल फाउंडेशन'।"

अपनी दिवंगत बहन का नाम लेते हुए कबीर की आवाज में अब दर्द नहीं, बल्कि एक गर्व और शांति थी। अनाया ने उसकी आँखों में देखा और समझ गई कि कबीर अब पूरी तरह से अतीत के घावों से मुक्त होकर भविष्य के निर्माण में लग चुका है।

भाग 5: दिल्ली वापसी और 'आँचल फाउंडेशन' की नींव

बनारस से लौटने के बाद कबीर और अनाया एक नए मिशन में जुट गए। पुरानी दिल्ली की उस हवेली के एक बड़े हिस्से को 'आँचल फाउंडेशन' का रूप दिया गया। शुरुआत में केवल पांच-छह बच्चे आए, जो पुरानी दिल्ली की तंग गलियों में रहने वाले मजदूरों और छोटे दुकानदारों के बच्चे थे।

अनाया उन्हें रंग और ब्रश संभालना सिखाती, तो कबीर उन्हें अपनी डायरी के पन्नों पर टूटी-फूटी हिंदी में अपने खयाल लिखना सिखाता। धीरे-धीरे यह कारवां बढ़ता गया। कुछ ही महीनों में हवेली का वह कोना बच्चों की हँसी, रंगों की खुशबू और शब्दों की गूंज से चहकने लगा।

एक शाम, जब सारे बच्चे जा चुके थे, कबीर और अनाया थककर छत पर बैठे थे। केतली में चाय उबल रही थी।

"आज राहुल ने एक बहुत ही खूबसूरत कविता लिखी है, कबीर," अनाया ने एक कागज का टुकड़ा दिखाते हुए कहा। राहुल एक चाय की दुकान पर काम करने वाले का बेटा था।

कबीर ने कागज लिया और पढ़ा। राहुल ने लिखा था: 'मेरी माँ की फटी साड़ी में भी मुझे आसमान के सारे रंग दिखते हैं, जब वह मुस्कुराकर मुझे स्कूल भेजती है।'

कबीर की आँखें भर आईं। उसने डायरी निकाली और लिखा:

"साहित्य और कला का असली मकसद किसी बड़े हॉल में वाहवाही लूटना नहीं है। असली कामयाबी तब होती है जब आपकी वजह से किसी के आंसुओं को शब्दों के रंग मिल जाएं।"

अनाया ने चाय छानी और कड़क अदरक वाली चाय के दो कुल्हड़ मेज पर रख दिए। उसने कबीर की तरफ देखा और कहा, "तो मिस्टर कृष्ण यादव, हमारी इस नई डायरी का यह अध्याय तो मुकम्मल हो गया। अब आगे क्या?"

कबीर ने मुस्कुराते हुए चाय का कुल्हड़ उठाया और आसमान की तरफ देखा, जहाँ रात के अंधेरे में भी सितारे अपनी पूरी चमक के साथ जगमगा रहे थे।

"आगे एक अनंत क्षितिज है, अनाया। जब तक तुम्हारे हाथ में ब्रश है और मेरे हाथ में कलम, और जब तक हमारे बीच यह कड़क अदरक वाली चाय है... हमारी यह दास्तान हर रोज एक नया पन्ना लिखती रहेगी। प्रेम कभी खत्म नहीं होता, वह बस विस्तृत होता जाता है।"

दोनों ने एक बार फिर अपने कुल्हड़ों को आपस में टकराया। पुरानी दिल्ली की उस ऐतिहासिक छत पर, मोगरे की महक और चाय की मिठास के बीच, उनकी यह कहानी अब एक व्यक्ति की नहीं, बल्कि सैकड़ों चेहरों की मुस्कान बन चुकी थी। और यही इस प्रेम कहानी का सबसे खूबसूरत और सच्चा अंतहीन सफर था।

समय किसी ठहरे हुए पानी की तरह नहीं होता, वह तो गंगा की उस अविरल धारा की तरह है जो पहाड़ों को चीरती हुई मैदानों की तरफ बढ़ती जाती है। बनारस की उस पावन यात्रा को बीते अब पूरे पाँच साल हो चुके थे। इन पाँच सालों में दिल्ली का मौसम बदला, पुरानी दिल्ली की कई इमारतें नई हो गईं, लेकिन 'द विंटेज कॉर्नर' कैफे का वह कोना और पुरानी हवेली की छत पर बिखरे रंगों की महक आज भी वैसी ही थी।

'आँचल फाउंडेशन' अब केवल पाँच-छह बच्चों का एक छोटा सा कमरा नहीं रह गया था। अब यह कला और साहित्य का एक ऐसा वटवृक्ष बन चुका था, जिसकी शाखाएँ दिल्ली से बाहर निकलकर देश के कोने-कोने तक पहुँच रही थीं। जिन बच्चों ने कभी हाथ में केवल कचरा उठाने वाले बोरे या चाय के गिलास पकड़े थे, आज उनके हाथों में पकड़ी ब्रश और कलम अंतरराष्ट्रीय स्तर पर धूम मचा रही थीं।

सर्दियों की एक सुनहरी सुबह थी। जनवरी के महीने में दिल्ली की धुंध ने पूरी कुतुब मीनार और लाल किले को अपनी आगोश में ले रखा था। हवेली के बड़े से हॉल में, जहाँ धूप की एक पतली सी किरण खिड़की के कांच को पार करती हुई फर्श पर पड़े कालीन को छू रही थी, कबीर (कृष्ण यादव) अपनी नई किताब के कुछ पन्नों को व्यवस्थित कर रहा था। उसके चेहरे पर अब उम्र की थोड़ी सी लकीरें और अनुभवों की एक गंभीर परिपक्वता साफ झलक रही थी। उसकी दाढ़ी में कुछ सफेद बाल आ चुके थे, जो उसकी लेखनी की गंभीरता को और अधिक प्रामाणिक बनाते थे।

तभी सीढ़ियों से दौड़ती हुई एक छोटी सी लड़की ऊपर आई। उसकी उम्र यही कोई चार या पाँच साल रही होगी। उसकी बड़ी-बड़ी आँखें और चेहरे की चंचलता बिल्कुल वैसी ही थी, जैसी कभी कबीर ने अनाया में देखी थी। उसके छोटे-छोटे हाथों पर नीले और पीले रंग के धब्बे लगे हुए थे।

"पापा! पापा! देखिए, मैंने मम्मा की तरह एक नई पेंटिंग बनाई है!" उस नन्हीं बच्ची ने कबीर के कुर्ते को खींचते हुए कहा।

कबीर ने अपनी फाइलों को एक तरफ रखा और मुस्कुराते हुए उस बच्ची को अपनी गोद में उठा लिया। "अच्छा! मेरी नन्हीं 'मिश्री' ने आज क्या बनाया है? जरा मैं भी तो देखूं।"

मिश्री—कबीर और अनाया की पाँच साल की बेटी, जिसका नाम उन्होंने उसकी बातों की मिठास के कारण 'मिश्री' रखा था। मिश्री ने अपने हाथ में पकड़ा हुआ एक छोटा सा ड्रॉइंग पेपर कबीर के सामने फैला दिया। उस कागज पर एक बहुत बड़ा सूरज बना था, जिसके नीचे तीन छोटे-छोटे कार्टून जैसे लोग बने थे, जो एक-दूसरे का हाथ पकड़े हुए थे।

"यह कौन हैं, मिश्री?" कबीर ने प्यार से उसकी नाक को छूते हुए पूछा।

"यह आप हो, यह मम्मा हैं और यह बीच में मैं हूँ! और यह ऊपर जो सूरज है न, यह हमारी कड़क चाय है जो सबको गर्म रखती है!" मिश्री ने अपनी तोतली आवाज में पूरी मासूमियत से समझाया।

कबीर की हँसी पूरे हॉल में गूंज उठी। उसने मिश्री को गले से लगा लिया। तभी पीछे से एक जानी-पहचानी, खनकती हुई आवाज आई, "देखा कृष्ण? मैंने कहा था न, मेरी बेटी का सेंस ऑफ ह्यूमर और आर्टिस्टिक विजन बिल्कुल मुझ पर गया है। वह शब्दों की कड़वाहट से ज्यादा रंगों की मिठास को समझती है।"

यह अनाया थी। वह अब पहले से कहीं अधिक शालीन और ग्रेसफुल लग रही थी। उसने गहरे हरे रंग की कश्मीरी शॉल ओढ़ रखी थी और उसके हाथों में हमेशा की तरह दो मिट्टी के कुल्हड़ थे, जिनमें से अदरक वाली चाय की भाप हवा में तैर रही थी।

"मैं कब मना कर रहा हूँ, अनाया," कबीर ने मिश्री को नीचे उतारते हुए कहा। "लेकिन यह मत भूलो कि इस चाय की मिठास को शब्दों में पिरोने का काम एक लेखक ही करता है।"

अनाया ने चाय का एक कुल्हड़ कबीर की तरफ बढ़ाया और मिश्री के सिर को सहलाया, "जाओ मिश्री, नीचे राहुल भैया के साथ अपनी नई ड्राइंग बुक में रंग भरो।" मिश्री खुशी से कूदती हुई नीचे भाग गई।

अनाया कबीर के पास बैठी और चाय की एक लंबी चुस्की ली। "कबीर, आज 'आँचल फाउंडेशन' का पाँचवा दीक्षांत समारोह (convocation) है। आज हमारे पहले बैच के वो बच्चे, जो कभी यहाँ सहमे हुए आए थे, अपनी खुद की कला दीर्घाओं (art galleries) और प्रकाशन गृहों (publishing houses) में जा रहे हैं। मुझे आज बहुत अजीब सा अहसास हो रहा है... ऐसा लग रहा है जैसे हमारा एक बहुत बड़ा कर्तव्य पूरा हो गया।"

कबीर ने उसकी आँखों में देखा, जहाँ खुशी के साथ-साथ एक गहरा ठहराव था। "कर्तव्य कभी पूरा नहीं होता, अनाया। वह बस एक रूप से दूसरे रूप में बदल जाता है। जब तक दुनिया में कोई एक भी दिल ऐसा है जो अपनी बात नहीं कह पा रहा है, तब तक कृष्ण यादव की कलम और अनाया की ब्रश का काम जारी रहेगा।"

दोपहर ढल चुकी थी। फाउंडेशन का कार्यक्रम बेहद भावुक और सफल रहा था। बच्चों की आँखों के आंसू और उनके माता-पिता के चेहरे पर गर्व की मुस्कान ने कबीर और अनाया के दिलों को एक ऐसी तृप्ति दी थी, जिसे दुनिया का कोई भी बड़ा पुरस्कार नहीं दे सकता था।

शाम के समय, दोनों को न जाने क्यों एक पुरानी तड़प महसूस हुई। उन्होंने मिश्री को उसकी दादी के पास छोड़ा और बिना किसी योजना के पुरानी दिल्ली की उन संकरी गलियों की तरफ चल पड़े।

चलते-चलते उनके कदम खुद-ब-खुद 'द विंटेज कॉर्नर' कैफे के सामने जाकर रुक गए।

कैफे का बोर्ड अब थोड़ा पुराना हो चुका था, लेकिन अंदर का माहौल आज भी वैसा ही था। वही पुरानी लकड़ी की मेजें, दीवारों पर टंगे हुए पुराने जमाने के ब्लैक एंड व्हाइट फोटोग्राफ्स और हवा में तैरती कॉफी और मसालों की खुशबू। इत्तेफाक से, खिड़की वाली वह ऐतिहासिक टेबल आज भी खाली थी।

दोनों चुपचाप जाकर अपनी-अपनी पुरानी कुर्सियों पर बैठ गए। खिड़की के बाहर दिल्ली की शाम धीरे-धीरे अपने गहरे नीले और मटमैले रंगों में ढल रही थी।

"ऐसा लगता है जैसे कल की ही बात हो," अनाया ने खिड़की के कांच पर जमी धुंध को अपनी उंगली से साफ करते हुए कहा। "मैं अपनी अधूरी पेंटिंग लेकर यहाँ आई थी, और तुमने मुझे बहुत ही रूखे लहजे में कहा था कि इसे पंखे के नीचे सुखाओ।"

कबीर हँसा। "मैं रूखा नहीं था, अनाया। मैं डरा हुआ था। मुझे डर था कि तुम्हारी वह जिंदादिली मेरे अंदर के उस अंधेरे को न मिटा दे, जिसे मैंने बहुत जतन से पाल रखा था। मुझे डर था कि मुझे फिर से जिंदगी से प्यार न हो जाए।"

"और अंत में क्या हुआ? प्यार जीत गया न?" अनाया ने उसका हाथ थामते हुए कहा।

"हाँ, प्यार हमेशा जीत जाता है। चाहे रास्ते कितने भी कठिन क्यों न हों," कबीर ने गहराई से कहा।

तभी कैफे का दरवाजा तेजी से खुला। हवा के एक ठंडे झोंके के साथ एक युवा लड़का अंदर दाखिल हुआ। उसके कंधे पर एक गिटार का बैग था और उसके बाल बिखरे हुए थे। उसके चेहरे पर एक अजीब सी बेचैनी और हताशा थी। वह सीधे काउंटर पर गया और

उसने बहुत ही थके हुए लहजे में कहा, "भैया, एक कड़क कॉफी देना... बिना चीनी की।"

कबीर और अनाया ने एक-दूसरे की तरफ देखा। उस लड़के का अंदाज, उसकी वो कड़वी कॉफी की मांग, और उसकी आँखों का वो सूनापन बिल्कुल वैसा ही था, जैसा सालों पहले कबीर का हुआ करता था। वह लड़का कैफे के एक दूसरे कोने में जाकर बैठ गया और उसने अपनी जेब से एक छोटी सी डायरी निकाली और कांपते हाथों से कुछ लिखने की कोशिश करने लगा, लेकिन लिख नहीं पाया। उसने गुस्से में डायरी बंद कर दी और अपना सिर मेज पर रख लिया।

अनाया ने कबीर का हाथ दबाया। "कबीर... देखो। वह लड़का... उसे किसी की जरूरत है।"

कबीर ने एक गहरी सांस ली। उसने अपनी मेज पर रखी हुई 'कृष्ण यादव' की नवीनतम किताब 'क्षितिज के पार' उठाई और अपनी जेब से एक पेन निकाला। उसने किताब के पहले पन्ने पर कुछ शब्द लिखे और खड़ा हो गया।

"तुम कहाँ जा रहे हो, कबीर?" अनाया ने पूछा।

"एक पुरानी आदत को एक नई आदत से रिप्लेस करने," कबीर ने मुस्कुराते हुए कहा।

कबीर धीरे-धीरे चलकर उस लड़के की टेबल के पास पहुँचा। लड़के ने चौंककर अपना सिर उठाया। उसकी आँखें लाल थीं, जैसे वह अपनी रूलाई को रोकने की नाकाम कोशिश कर रहा हो।

"क्या मैं यहाँ बैठ सकता हूँ?" कबीर ने बेहद विनम्रता और गहरी आवाज में पूछा।

लड़के ने थोड़ा हिचकिचाते हुए कहा, "जी... बैठिए। लेकिन मैं थोड़ा अकेले रहना चाहता हूँ।"

कबीर उसकी कुर्सी के सामने बैठ गया और उसने वह किताब मेज पर रख दी। "अकेलापन एक बहुत ही खूबसूरत जगह है, दोस्त। लेकिन तब तक, जब तक आप उसमें स्वेच्छा से रह रहे हों। जब अकेलापन एक पिंजरा बन जाए, तो उसकी खिड़कियां खोल देनी चाहिए।"

लड़के ने मेज पर रखी किताब को देखा। जैसे ही उसने लेखक का नाम 'कृष्ण यादव' पढ़ा, उसकी आँखें फटी की फटी रह गईं। "आप... आप कृष्ण यादव हैं? 'विल यू मीट' के लेखक?"

कबीर ने धीरे से सिर हिलाया। "हाँ, दुनिया मुझे इसी नाम से जानती है। लेकिन इस नाम के पीछे भी एक बहुत बड़ा अकेलापन था, जिसे एक कड़क चाय और एक पेंटर के रंगों ने दूर किया था।" उसने कैफे के कोने में बैठी अनाया की तरफ इशारा किया, जो वहाँ से मुस्कुराते हुए उन्हें देख रही थी।

कबीर ने उस लड़के की बंद डायरी पर अपना हाथ रखा। "इस डायरी के पन्नों को गुस्से में बंद मत करो। जो बातें तुम किसी से कह नहीं पा रहे हो, उन्हें इन पन्नों को सौंप दो। यह पन्ने कभी तुम्हारा साथ नहीं छोड़ेंगे। और हाँ, जिंदगी में अगर कड़वाहट ज्यादा हो जाए, तो कॉफी छोड़कर कभी-कभी अदरक वाली चाय पी लेनी चाहिए। वह दिल की बर्फ को पिघला देती है।"

कबीर खड़ा हुआ और उस लड़के के कंधे पर अपना हाथ रखा। "यह किताब तुम्हारे लिए है। इसके पन्ने तुम्हें शायद तुम्हारी अपनी कहानी का रास्ता दिखा दें।"

जब कबीर वापस अनाया के पास आया, तो उस लड़के की आँखों में अब हताशा की जगह एक नई चमक और विस्मय का भाव था। उसने तुरंत अपनी डायरी खोली और इस बार उसकी कलम बिना रुके पन्नों पर चलने लगी।

अनाया ने कबीर की तरफ देखा, उसकी आँखें खुशी से भीग चुकी थीं। "तुमने आज फिर एक डूबते हुए दिल को तिनके का सहारा दे दिया, कृष्ण।"

"मैंने कुछ नहीं किया, अनाया। यह तो समय का चक्र है। जो मुझे मिला था, वह मैंने आगे बढ़ा दिया। हमारी कहानी केवल हमारे जीने से पूरी नहीं होती, वह तब मुकम्मल होती है जब वह किसी और की जिंदगी में उजाला ला सके।"

समय अपनी गति से चलता रहा। फाउंडेशन अब अपने आप में एक आत्मनिर्भर संस्था बन चुका था, जिसे अब राहुल और कबीर के पुराने छात्र बखूबी संभाल रहे थे। मिश्री अब दस साल की हो चुकी थी और उसने देहरादून के एक प्रतिष्ठित बोर्डिंग स्कूल में दाखिला ले लिया था, जहाँ वह अपनी पढ़ाई और कला दोनों में अव्वल आ रही थी।

कबीर और अनाया ने अब जीवन के उस पड़ाव पर कदम रख दिया था, जहाँ भौतिक सुख-सुविधाएं और शोहरत बहुत पीछे छूट जाती हैं। वे अब उस शांति की तलाश में थे, जो केवल प्रकृति के सानिध्य और अध्यात्म में मिलती है। उन्होंने तय किया कि वे कुछ समय के लिए उत्तराखंड के एक छोटे से पहाड़ी गाँव 'जागेश्वर' में रहेंगे, जो अपने प्राचीन शिव मंदिरों और घने देवदार के जंगलों के लिए जाना जाता है।

पहाड़ों की वह सुबह दिल्ली की सुबह से बिल्कुल अलग थी। यहाँ धुंध नहीं, बल्कि बादलों के टुकड़े सीधे आपकी खिड़की से अंदर आ जाते थे। देवदार के पत्तों से छनकर आती हुई सूरज की किरणें जमीन पर सोने के सिक्कों की तरह बिखरी रहती थीं।

कबीर ने वहाँ एक छोटा सा लकड़ी का कॉटेज किराए पर लिया था। कॉटेज के सामने एक छोटी सी ढलान थी, जहाँ जंगली फूलों की भरमार थी। कबीर सुबह-सुबह उठकर ध्यान लगाता था, और अनाया वहीं पास बैठकर उगते हुए सूरज के साथ पहाड़ों के बदलते रंगों को अपने कैनवास पर उतारती थी।

एक शाम, जब पहाड़ों के पीछे सूरज डूब रहा था और पूरा आसमान गहरे सिंदूरी और बैंगनी रंग में रंग गया था, कबीर और अनाया कॉटेज के बरामदे में बैठे थे। लकड़ी की अंगीठी में आग सुलग रही थी, जिसकी चटकने की आवाज शांत माहौल में एक मधुर संगीत की तरह लग रही थी।

अनाया ने चाय की दो प्यालियाँ बनाई थीं। इस बार मिट्टी के कुल्हड़ नहीं थे, बल्कि पहाड़ों के स्थानीय चीनी मिट्टी के कप थे, लेकिन चाय का स्वाद आज भी वही कड़क अदरक वाला था।

"कबीर," अनाया ने आसमान की तरफ देखते हुए बहुत ही शांत और धीमी आवाज में कहा। "तुम्हें याद है जब हम पहली बार मिले थे, तो हमारी जिंदगी में कितनी उथल-पुथल थी? और आज देखो... चारों तरफ कितनी खामोशी है, कितना सुकून है।"

कबीर ने चाय का कप टेबल पर रखा और अनाया के कंधे पर अपना हाथ रख दिया। "यह खामोशी बाहर की नहीं है, अनाया। यह हमारे अंदर की खामोशी है। जब इंसान अपने सारे द्वंद्वों, अपने सारे दुखों और अपनी सारी इच्छाओं से परे हो जाता है, तो उसे यही शाश्वत शांति मिलती है। हमारा प्रेम अब उस मुकाम पर पहुँच गया है जहाँ हमें एक-दूसरे से बात करने के लिए शब्दों की भी जरूरत नहीं है।"

"हाँ," अनाया ने अपनी आँखें बंद करते हुए कहा। "अब अगर मैं अपनी आँखें बंद भी कर लूँ, तो मुझे तुम्हारी धड़कनें साफ सुनाई देती हैं। ऐसा लगता है जैसे हम दो शरीर नहीं, बल्कि एक ही आत्मा हैं जो इस ब्रह्मांड के संगीत में लीन हो चुकी है।"

कबीर ने अपनी वही पुरानी रंगीन डायरी निकाली, जिसके लगभग सभी पन्ने अब भर चुके थे। केवल आखिरी पन्ना खाली बचा था। उसने पेन उठाया और उस अंतिम पन्ने पर अपनी जिंदगी का सबसे गहरा और अंतिम सत्य लिखना शुरू किया:

"प्रेम कोई गंतव्य (destination) नहीं है, जहाँ पहुँचकर यात्रा खत्म हो जाए। प्रेम तो एक शाश्वत यात्रा है, जो जीवन के साथ शुरू होती है और मृत्यु के पार भी चलती रहती है। कबीर की खामोशी को अनाया के रंग मिले, कृष्ण को उसकी राधा मिली, और शब्दों को उनका असली अर्थ मिला। अब न कोई विरह है, न कोई मिलन की तड़प... अब तो बस एक अंतहीन प्रवाह है, जिसमें हम दोनों मिलकर विलीन हो रहे हैं। हमारी यह दास्तान समय की सीमाओं को पार कर चुकी है, और अब यह ब्रह्मांड के इस अनंत क्षितिज पर हमेशा-हमेशा के लिए अंकित हो चुकी है।"

उसने डायरी बंद कर दी। अब उस डायरी में लिखने के लिए कुछ नहीं बचा था, क्योंकि उनकी कहानी अब शब्दों के दायरे से बाहर निकलकर अमर हो चुकी थी।

सूरज पूरी तरह डूब चुका था, और पहाड़ों के ऊपर आसमान में लाखों-करोड़ों तारे अपनी पूरी भव्यता के साथ टिमटिमा रहे थे। देवदार के जंगलों से होती हुई ठंडी हवा उनके चेहरों को छू रही थी। कबीर और अनाया ने एक-दूसरे का हाथ इतनी कसकर थाम रखा था, जैसे वे समय के इस चक्र को हमेशा के लिए इसी एक पल में रोक देना चाहते हों।

समय कभी नहीं थमता। वह किसी सम्राट के आदेश की प्रतीक्षा नहीं करता, न ही किसी प्रेमी की करुण पुकार पर अपनी गति धीमी करता है। जागेश्वर की उन पावन पहाड़ियों में, देवदार के वृक्षों के साए तले कबीर और अनाया ने जिस परम शांति को प्राप्त किया था, उसे बीते अब दो दशक से अधिक का समय हो चुका था। समय का चक्र अपनी धुरी पर घूमता रहा; दिल्ली की सल्तनत जैसी पुश्तैनी हवेली के रंग थोड़े और विंटेज हो गए, 'द विंटेज कॉर्नर' कैफे की उस खिड़की के शीशे पर वक्त की कुछ और दरारें आईं, लेकिन जो नहीं बदला, वह था उस प्रेम का अवशोषित अहसास, जो अब एक संस्था, एक विचार और एक पूरी पीढ़ी की रगों में लहू बनकर दौड़ रहा था।

मिश्री अब तीस वर्ष की एक प्रखर, गंभीर और ख्यातिलब्ध कला-इतिहासकार (Art Historian) और लेखिका बन चुकी थी। उसमें कबीर जैसी गहरी, मखमली आँखें थीं जो शब्दों के पीछे छिपे मर्म को पढ़ लेती थीं, और अनाया जैसी चंचल, निर्भीक उंगलियाँ थीं जो किसी भी बेजान कैनवास को छूकर उसमें जीवन फूंक सकती थीं। उसने अपने माता-पिता की छोड़ी हुई विरासत—'आँचल फाउंडेशन'—को केवल जीवित नहीं रखा था, बल्कि उसे भारतीय कला और साहित्य का एक वैश्विक केंद्र बना दिया था।

अक्टूबर की एक अलसायी हुई दोपहर थी। दिल्ली में हल्की सी गुलाबी ठंडक ने दस्तक दे दी थी। हवेली के मुख्य हॉल में, जहाँ कभी कबीर अपनी पुरानी चमड़े की डायरी के पन्ने पलटा करते थे, आज देश-विदेश से आए शोधकर्ताओं, प्रकाशकों और युवा कलाकारों का जमावड़ा था। अगले सप्ताह कबीर (कृष्ण यादव) की जन्मशती और 'आँचल फाउंडेशन' की रजत जयंती के अवसर पर एक भव्य राष्ट्रीय प्रदर्शनी का आयोजन होना था।

मिश्री हॉल के केंद्र में खड़ी होकर एक विशाल ट्रंक को खोलने का प्रयास कर रही थी। यह वही पुराना ट्रंक था, जिसे कबीर और अनाया अपने साथ पहाड़ों से वापस दिल्ली लाए थे और जिसे वर्षों से खोला नहीं गया था। जब मिश्री ने भारी पीतल के ताले को खोला और ट्रंक का ढक्कन उठाया, तो हवा में सूखी मोगरे की पत्तियों, कपूर और पुरानी लुगदी की एक तीखी मगर सम्मोहक खुशबू तैर गई।

ट्रंक के भीतर सबसे ऊपर रखी थी—वह प्रसिद्ध रंगीन डायरी, जिसका अंतिम पन्ना कबीर ने जागेश्वर की उस ढलती शाम को लिखा था। उस डायरी के ठीक नीचे कुछ पुराने फोटोग्राफ्स थे, जिनमें ब्लैक एंड व्हाइट से लेकर रंगीन तस्वीरों तक का सफर दर्ज था; दिल्ली का वह पुराना कैफे, लोधी आर्ट डिस्ट्रिक्ट की रंगीन दीवारें, बनारस के घाट पर नाव चलाते चाचा, और पहाड़ों में अंगीठी के सामने बैठे कबीर और अनाया।

मिश्री ने कांपते हाथों से उस डायरी को उठाया। उसने जैसे ही पन्ने पलटने शुरू किए, उसकी आँखों से एक आंसू टपक कर डायरी के उस पन्ने पर गिरा जहाँ लिखा था: 'वी मेट एंड फॉरएवर'।

"मम्मा... पापा..." मिश्री ने बुदबुदाते हुए डायरी को अपने सीने से लगा लिया। उसे ऐसा लगा जैसे उस बंद कमरे में अचानक अदरक वाली कड़क चाय की महक घुल गई हो और कोई बहुत धीरे से उसके कानों में कह रहा हो—'कहानी कभी खत्म नहीं होती, मिश्री।'

"मैडम," पीछे से राहुल की आवाज आई। राहुल, जो कभी एक चाय वाले का बेटा था, आज 'आँचल फाउंडेशन' का मुख्य संचालक और देश का एक सम्मानित चित्रकार बन चुका था। उसके बालों में अब सफेदी आ चुकी थी। "प्रदर्शनी की मुख्य गैलरी तैयार है। बस आपके द्वारा चुनी गई कबीर सर की अंतिम पांडुलिपि और अनाया मैम की आखिरी पेंटिंग का इंतजार है।"

मिश्री ने अपने आंसू पोंछे और मुस्कुराते हुए मुड़ी। "राहुल भैया, मुझे वो सब मिल गया है जिसकी हमें तलाश थी। पापा की ये डायरी ही इस प्रदर्शनी की आत्मा होगी। लेकिन मम्मा की वह आखिरी पेंटिंग कहाँ है, जो उन्होंने पहाड़ों में पूरी की थी?"

"वह मुख्य मंच पर ठीक उसी जगह रखी है, जहाँ कल सुबह राष्ट्रपति इसका अनावरण करेंगे," राहुल ने सम्मानपूर्वक कहा।

भाग 2: 'द विंटेज कॉर्नर' का नया सवेरा

उसी शाम, जब हवेली की तैयारियां पूरी हो चुकी थीं, मिश्री को एक अजीब सी बेचैनी महसूस हुई। वह अपने माता-पिता के सबसे पसंदीदा स्थान पर जाना चाहती थी, जहाँ से इस पूरी महागाथा की शुरुआत हुई थी। उसने अपनी कार की चाबी उठाई और पुरानी दिल्ली की उन ऐतिहासिक, तंग गलियों की ओर चल पड़ी।

'द विंटेज कॉर्नर' कैफे अब एक हेरिटेज साइट जैसा दिखता था। नए मालिक ने कैफे के मूल स्वरूप से कोई छेड़छाड़ नहीं की थी। वही पुरानी लकड़ी की मेजें, वही विंटेज घड़ियां और वही खिड़की वाली कोना। कैफे के प्रवेश द्वार पर एक छोटा सा पीतल का बोर्ड लगा था, जिस पर लिखा था: "यहाँ लेखक कृष्ण यादव और चित्रकार अनाया के प्रेम के पहले पन्ने लिखे गए थे।"

मिश्री जैसे ही अंदर दाखिल हुई, कैफे के मैनेजर ने उसे पहचान लिया। "नमस्कार, मिश्री जी। आज बहुत दिनों बाद आना हुआ? आपकी वही टेबल खाली है।"

मिश्री मुस्कुराई और जाकर उस खिड़की वाली टेबल पर बैठ गई। उसने बाहर देखा; दिल्ली की बारिश इस बार भी वैसी ही थी, बूंदें कांच पर गिरकर एक टेढ़ी-मेढ़ी लकीर बना रही थीं। उसने वेटर को देखा और कहा, "भैया, दो कप कड़क अदरक वाली चाय लाना।"

"दो कप?" वेटर ने अचरज से पूछा, क्योंकि मिश्री अकेली थी।

"हाँ, दो कप। एक मेरे लिए, और एक उन यादों के लिए जो इस कुर्सी पर हमेशा बैठी रहती हैं," मिश्री ने खिड़की के बाहर देखते हुए कहा।

जब चाय आई, तो मिश्री ने कबीर की वह पुरानी डायरी टेबल पर खोल दी। वह डायरी के उन खाली पन्नों को देख रही थी जिन्हें कबीर ने अपने अतीत के दर्द से मुक्त कर दिया था। तभी कैफे का दरवाजा खुला और एक युवा जोड़ा अंदर आया। लड़की के हाथ में कुछ आर्किटेक्चरल शीट्स थीं और लड़का हाथ में एक डिजिटल कैमरा लिए हुए था। दोनों के बीच किसी बात को लेकर हल्की सी बहस चल रही थी।

"मैने तुमसे कहा था न अयान, कि इस पुराने शहर का लेआउट समझने के लिए हमें इस विंटेज कैफे में बैठना ही होगा," लड़की ने अपनी शीट्स मेज पर फैलाते हुए कहा।

"ठीक है मीरा, लेकिन यहाँ की कॉफी बहुत स्ट्रॉन्ग है, मुझे थोड़ा सुकून चाहिए," लड़के ने कैमरा टेबल पर रखते हुए जवाब दिया।

मिश्री चुपचाप उन्हें देख रही थी। इतिहास खुद को कैसे दोहराता है, यह देखना उसके लिए एक विस्मयकारी अहसास था। कबीर और अनाया चले गए थे, लेकिन उनके जाने के बाद भी इस दुनिया में प्रेम, कला, संवाद और चाय का वह सिलसिला कभी नहीं थमा। उस युवा जोड़े को देखकर मिश्री को समझ आया कि क्यों कबीर ने लिखा था कि 'प्रेम एक अंतहीन प्रवाह है'।

उसने अपनी चाय की चुस्की ली। चाय की वही मिठास, वही अदरक का तीखापन। उसने महसूस किया कि कबीर और अनाया किसी व्यक्ति के नाम नहीं थे; वे तो उस शाश्वत भावना के नाम थे जो हर उस इंसान के भीतर जागती है जो किसी दूसरे इंसान में अपना वजूद ढूंढने का प्रयास करता है।

भाग 3: महा-प्रदर्शनी और अनंत प्रतिध्वनि

अगली सुबह, दिल्ली का विज्ञान भवन और ललित कला अकादमी का परिसर राष्ट्रीय और अंतरराष्ट्रीय अतिथियों से खचाखच भरा हुआ था। 'कृष्ण-अनाया: शब्दों और रंगों का महामिलन' नामक इस प्रदर्शनी का उद्घाटन होने जा रहा था।

गैलरी की दीवारें अनाया की उन ऐतिहासिक पेंटिंग्स से सजी थीं, जो उसने पेरिस, दिल्ली और बनारस में बनाई थीं। हर पेंटिंग के नीचे कबीर की किताबों से चुनी हुई कुछ पंक्तियाँ बहुत ही करीने से लिखी गई थीं। दर्शक उन पेंटिंग्स को देखकर भावुक हो रहे थे, क्योंकि वे केवल कलाकृतियां नहीं थीं, बल्कि दो आत्माओं के सफर का जीवंत दस्तावेज थीं।

मंच पर मिश्री खड़ी थी। उसके सामने देश के राष्ट्रपति, संस्कृति मंत्री और कला जगत की तमाम बड़ी हस्तियां मौजूद थीं।

"देवियों और सज्जनों," मिश्री ने माइक पर बोलना शुरू किया, उसकी आवाज में कबीर जैसी ही एक चुंबकीय गंभीरता थी। "आज जब हम यहाँ कृष्ण यादव और अनाया की कला का उत्सव मना रहे हैं, तो हमें यह समझना होगा कि उनकी सबसे बड़ी कला क्या थी। उनकी सबसे बड़ी कला कोई पेंटिंग या कोई बेस्टसेलर किताब नहीं थी। उनकी सबसे बड़ी कला थी—एक-दूसरे की आत्मा को मुक्त करना। मेरे पिता एक ऐसे लेखक थे जो खामोशी के पिंजरे में बंद थे, और मेरी माँ एक ऐसी चित्रकार थीं जो रंगों के जरिए उस खामोशी को तोड़ना चाहती थीं। उन्होंने हमें सिखाया कि जब शब्द कम पड़ जाएं, तो रंगों को बोलने देना चाहिए; और जब रंग फीके पड़ने लगें, तो शब्दों की मिठास से जीवन को भर देना चाहिए।"

भाषण के बाद, मुख्य मंच पर ढके हुए उस विशाल कैनवास का अनावरण किया गया। जैसे ही रेशमी लाल कपड़ा हटा, पूरा हॉल एक गहरे सन्नाटे में डूब गया और अगले ही पल तालियों की ऐसी गड़गड़ाहट गूंजी जो कई मिनटों तक थमी नहीं।

वह अनाया की अंतिम, महान कृति थी।

पेंटिंग में किसी शहर, किसी कैफे या किसी घाट का दृश्य नहीं था। उसमें एक अनंत, गहरा ब्रह्मांड (Cosmos) दिखाया गया था, जहाँ लाखों टिमटिमाते हुए तारे और आकाशगंगाएं थीं। उन आकाशगंगाओं के चक्रवात के बीच, दो प्रकाशपुंज (beams of light) एक-दूसरे में इस तरह समा रहे थे कि यह बताना असंभव था कि कहाँ एक प्रकाश खत्म हो रहा है और कहाँ से दूसरा शुरू हो रहा है। उन दोनों प्रकाशपुंजों के मिलन बिंदु से सुनहरे रंग की कुछ बूंदें नीचे गिर रही थीं, जो नीचे की ओर आकर एक छोटे से मिट्टी के कुल्हड़ और एक खुली हुई डायरी का आकार ले रही थीं।

पेंटिंग के सबसे नीचे, कबीर के कांपते हाथों की आखिरी लिखावट को डिजिटल रूप से उकेरा गया था:

"हम समय के पन्नों से मिट सकते हैं, लेकिन हम उस हवा में हमेशा रहेंगे जो चाय की भाप बनकर उड़ती है। जब भी कोई अजनबी किसी खाली डायरी को खोलेगा, हमारी दास्तान फिर से जीवित हो उठेगी। 'विल यू मीट' का कोई अंत नहीं है, क्योंकि हम हर पल, हर हृदय में दोबारा मिल रहे हैं।"

प्रदर्शनी के अंत में, मिश्री गैलरी के उस शांत कोने में आई जहाँ कबीर की वह पुरानी डायरी एक कांच के बॉक्स के भीतर सुरक्षित रखी गई थी। उसने देखा कि एक छोटा सा बच्चा, जो शायद फाउंडेशन का ही एक नया छात्र था, उस डायरी को बहुत ध्यान से देख रहा था।

"क्या पढ़ रहे हो, बच्चे?" मिश्री ने उसके पास घुटनों के बल बैठते हुए पूछा।

बच्चे ने कांच के बॉक्स की तरफ इशारा किया और अपनी मासूम आवाज में कहा, "दीदी, इसमें जो खाली पन्ने हैं, क्या मैं उन पर अपनी कहानी लिख सकता हूँ?"

मिश्री की आँखों में एक असीम तृप्ति के आंसू आ गए। उसने उस बच्चे के सिर पर हाथ रखा और कहा, "हाँ, मेरे बच्चे। ये खाली पन्ने दुनिया के हर उस दिल के लिए हैं जो अपनी कहानी खुद लिखना चाहता है। उठाओ अपनी कलम, और भर दो इसे अपने रंगों से।"

खिड़की के बाहर, दिल्ली का आसमान अब पूरी तरह साफ हो चुका था। धूप की एक सुनहरी किरण सीधे उस कांच के बॉक्स पर पड़ रही थी, जिससे कबीर की डायरी के वो खाली पन्ने सोने की तरह चमक रहे थे। दूर, हवेली की रसोई से अदरक वाली कड़क चाय की हल्की सी खुशबू हवा के झोंके के साथ आ रही थी, यह गवाही देते हुए कि कबीर और अनाया की यह दास्तान कभी खत्म नहीं होगी। यह एक अनंत यात्रा थी, जो समय, जीवन और मृत्यु की सीमाओं को पार कर समूचे ब्रह्मांड की एक शाश्वत प्रतिध्वनि बन चुकी

समय का रथ अपनी गति से चलता रहा और कबीर-अनाया की महा-प्रदर्शनी को बीते भी अब कई साल हो गए थे। 'आँचल फाउंडेशन' अब केवल एक संस्था नहीं, बल्कि कला और साहित्य की एक जीवित सांस्कृतिक धरोहर बन चुका था। दिल्ली की उस पुश्तैनी हवेली की दीवारों पर अब न केवल पुरानी तस्वीरें थीं, बल्कि उन सैकड़ों बच्चों की सफलता की कहानियाँ भी अंकित थीं, जिन्होंने यहाँ से अपने सपनों को उड़ान दी थी।

मिश्री अब अपने जीवन के उस पड़ाव पर थीं जहाँ वह केवल इस विरासत की संरक्षिका नहीं थीं, बल्कि एक मार्गदर्शक बन चुकी थीं। एक सुबह, जब दिल्ली की हवा में कोहरे की चादर लिपटी हुई थी, मिश्री हवेली के पुस्तकालय में बैठी थीं। तभी वहाँ एक अट्ठारह-उन्नीस साल का युवक दाखिल हुआ। यह वही लड़का था जिसने सालों पहले प्रदर्शनी में कबीर की डायरी के खाली पन्नों को देखकर अपनी कहानी लिखने की इच्छा जताई थी—उसका नाम था आरव।

आरव आज फाउंडेशन का सबसे होनहार लेखक और चित्रकार बन चुका था। उसके एक हाथ में स्केचबुक थी और दूसरे हाथ में एक नई पांडुलिपि (Manuscript)।

"मिश्री दीदी," आरव ने झिझकते हुए कहा। "मैंने अपनी पहली किताब पूरी कर ली है। और मम्मा-पापा (कबीर-अनाया) की उस अधूरी डायरी की प्रेरणा से मैंने एक नया कवर भी डिजाइन किया है।"

मिश्री की आँखों में एक पुरानी चमक लौट आई। उन्होंने आरव को पास बुलाया और उसकी पांडुलिपि को देखा। किताब का नाम था— 'क्षितिज के उस पार'। कवर पर एक आधुनिक शहर की रूपरेखा थी, लेकिन उसके बैकग्राउंड में वही पुराना 'द विंटेज कॉर्नर' कैफे धुंधला सा दिखाई दे रहा था।

"आरव, यह बेहद खूबसूरत है," मिश्री ने उसकी पीठ थपथपाते हुए कहा। "तुम्हारी लेखनी में बिल्कुल वही गहराई है जो कभी कृष्ण यादव

की कलम में हुआ करती थी। तुमने उनकी विरासत को आगे बढ़ाया है।"

उसी शाम, आरव अपनी किताब के विमोचन से ठीक पहले 'द विंटेज कॉर्नर' कैफे पहुँचा। कैफे अब आधुनिक हो चुका था, वहाँ वाई-फाई और डिजिटल स्क्रीन लग चुकी थीं, लेकिन कैफे का वह ऐतिहासिक कोना आज भी कबीर और अनाया की याद में सुरक्षित था। मेज पर पीतल की पट्टिका चमक रही थी।

आरव उसी खिड़की वाली टेबल पर बैठ गया। बाहर बारिश की हल्की फुहारें गिर रही थीं। उसने वेटर को बुलाया और कहा, "भैया, दो कप कड़क अदरक वाली चाय लाना।"

"दो कप? आपके साथ कोई और भी आ रहा है क्या, आरव जी?" वेटर ने पूछा, जो आरव को अच्छी तरह जानता था।

आरव ने मुस्कुराते हुए अपनी नई किताब मेज पर रखी। "हाँ, इस कहानी के असली किरदार आ रहे हैं। जब भी यहाँ चाय के दो कुल्हड़ रखे जाते हैं, कबीर सर और अनाया मैम यहीं कहीं हमारे आसपास आ जाते हैं।"

चाय आई। आरव ने अपनी डायरी खोली और उसके पहले पन्ने पर लिखा:

"कहानियाँ कभी मरती नहीं हैं। वे बस चेहरे बदल लेती हैं। कल जो कबीर और अनाया थे, आज वह मैं और मेरे जैसे न जाने कितने युवा हैं जो अपनी खामोशी को शब्दों और रंगों का आकाश दे रहे हैं। यह चाय, यह कोना और यह प्यार हमेशा अमर रहेगा।"

रात के गहरे सन्नाटे में, जब कैफे बंद हो चुका था और पुरानी दिल्ली की सड़कें शांत थीं, उस खिड़की वाली टेबल पर रखी चाय के कपों से हल्की सी भाप अब भी उठ रही थी। खिड़की के कांच पर बारिश की बूंदों ने एक दिल का आकार बना दिया था।

हवा में मोगरे की वही पुरानी खुशबू तैर रही थी और ऐसा लग रहा था मानो दो अदृश्य परछाइयाँ—एक हाथ में कैमरा लिए शांत लड़का और दूसरे हाथ में रंगों की पैलेट लिए चुलबुली लड़की—एक बार फिर अपनी चाय के कुल्हड़ आपस में टकरा रहे हों।

कहानी जहाँ से शुरू हुई थी, वहीं आकर एक अनंत चक्र (Eternal Circle) में बदल गई। कोई अंत नहीं, कोई विदाई नहीं... बस एक अंतहीन सिलसिला, जो हर उस दिल में धड़कता रहेगा जो प्रेम और कला पर विश्वास रखता है।

धड़कनों का सफर

कृष्णा यादव

" रास्ते अनजान थे, और अजनबी था वो डगर,

पर दिल को मंज़िल मिल गई, जब शुरू हुआ धड़कनों का सफर..."

बनारस की वो शाम आम शामों जैसी नहीं थी। आसमान में काले बादलों ने डेरा डाल रखा था और गंगा के घाटों पर लहरें एक अजीब सी बेचैनी में थीं।

कृष्णा कैफे के कोने वाली टेबल पर बैठा अपनी गिटार के तारों को धीरे से सहला रहा था। उसकी आँखें बंद थीं और वह धुंधली सी धुन में खोया हुआ था। उसके लिए संगीत सिर्फ एक शौक नहीं, बल्कि उसकी रूह का सुकून था। वह शांत था, जैसे कोई ठहरा हुआ समंदर।

"जिंदगी तब तक एक अधूरी धुन जैसी होती है, जब तक उसे पूरा करने वाला कोई हमसफ़र न मिल जाए।"

तभी अचानक ज़ोरदार बारिश शुरू हो गई। लोग अपनी जान बचाने के लिए इधर-उधर भागने लगे। कैफे का दरवाजा ज़ोर से खुला और हवा के एक ठंडे झोंके के साथ वह अंदर दाखिल हुई—स्नेहा।

उसकी पीली कुर्ती बारिश के पानी से आधी भीग चुकी थी, बिखरे हुए बाल उसके चेहरे पर आ रहे थे, और उसकी आँखों में एक अजीब सी चमक और घबराहट थी। वह हांफते हुए अपनी किताबें संभाल रही थी। कैफे में कोई भी सीट खाली नहीं थी, सिवाय कृष्णा के सामने वाली कुर्सी के।

स्नेहा झिझकते हुए कृष्णा की टेबल के पास आई।

"सुनिए... क्या मैं यहाँ बैठ सकती हूँ? बाहर बहुत तेज़ बारिश है," स्नेहा ने अपनी सुरीली आवाज़ में पूछा।

कृष्णा ने अपनी आँखें खोलीं। जैसे ही उसकी नज़र स्नेहा पर पड़ी, गिटार का तार एक पल के लिए थम गया। उसने बिना कुछ बोले

बस हाँ में सिर हिला दिया और दोबारा खिड़की के बाहर देखने लगा।

स्नेहा बैठ गई और उसने गरम कॉफी का ऑर्डर दिया। वह बहुत बातूनी थी। शांति उसे हजम नहीं होती थी। उसने कृष्णा को देखा, जो पूरी तरह अपनी ही दुनिया में मग्न था।

"वैसे, आप बहुत अजीब हैं। कोई लड़की आपके सामने आकर बैठी है और आप बाहर बारिश को देख रहे हैं? और ये गिटार... बजाना आता भी है या सिर्फ शो-ऑफ़ है?" स्नेहा ने शरारत से मुस्कुराते हुए कहा।

कृष्णा ने मुड़कर उसे देखा। उसकी आँखों में एक गहरी संजीदगी थी। उसने गिटार को ठीक से पकड़ा, स्नेहा की आँखों में देखा और अपनी उंगलियों को तारों पर फेर दिया। कैफे के शोर-शराबे के बीच एक ऐसी जादुई धुन गूंजी कि स्नेहा की बोलती बंद हो गई। वह बस एकटक कृष्णा को देखती रह गई।

कॉफी की भाप और गिटार की उस धुन के बीच, बनारस की उस मूसलाधार बारिश में, कृष्णा और स्नेहा की कहानी का पहला पन्ना लिखा जा चुका था। उन्हें नहीं पता था कि यह मुलाकात महज़ एक इत्तेफाक नहीं, बल्कि उनकी किस्मत का लिखा हुआ एक खूबसूरत आगाज़ था।

बनारस की उस शाम की बारिश अब और तेज़ हो चुकी थी। कैफ़े की कांच की खिड़कियों पर पानी की बूंदें एक अजीब सी लय में टकरा रही थीं। कृष्णा की उंगलियां अभी भी गिटार के तारों पर तैर रही थीं। धुन इतनी गहरी थी कि स्नेहा के हाथ में थमा कॉफी का मग धीरे-धीरे ठंडा हो रहा था, लेकिन उसका ध्यान पूरी तरह से कृष्णा पर ही था।

जब धुन थमी, तो कैफ़े में जैसे एक सन्नाटा छा गया। स्नेहा ने एक लंबी सांस ली और अपनी पलकें झपकाईं, जैसे वह किसी जादुई दुनिया से अचानक हकीकत में लौट आई हो।

"यह... यह अद्‌भुत था," स्नेहा के मुंह से सिर्फ इतना ही निकला। उसकी चुलबुलाहट कहीं गायब हो चुकी थी, उसकी जगह एक गहरी हैरानी ने ले ली थी।

कृष्णा ने धीरे से मुस्कुराया—एक ऐसी मुस्कान जो उसके होंठों तक तो आई, लेकिन उसकी आँखों की संजीदगी को कम नहीं कर पाई। उसने गिटार को वापस उसके केस में रखा और कहा, "संगीत सिर्फ बजाने के लिए नहीं होता, सुनने वाले के दिल तक पहुँचने के लिए होता है। लगता है मेरा काम पूरा हुआ।"

"तुम बहुत घमंडी हो, जानते हो?" स्नेहा ने अपनी ठंडी हो चुकी कॉफी का एक घूंट लेते हुए अपना पुराना अंदाज़ वापस लाने की कोशिश की। "तारीफ़ करो तो सीधे आसमान पर चढ़ जाते हो।"

"घमंड नहीं, स्नेहा। इसे खुद पर यकीन कहते हैं," कृष्णा ने शांति से जवाब दिया।

स्नेहा एकदम से चौंक गई। उसकी आँखें बड़ी हो गईं। "रुको... तुम्हें मेरा नाम कैसे पता? मैंने तो अभी तक तुम्हें अपना नाम बताया ही नहीं!"

कृष्णा ने बिना कुछ बोले अपनी उंगली से स्नेहा की उन किताबों की तरफ इशारा किया जो टेबल पर बिखरी पड़ी थीं। सबसे ऊपर रखी 'द गॉड ऑफ स्मॉल थिंग्स' किताब के पहले पन्ने पर बड़े-बड़े और खूबसूरत अक्षरों में लिखा था—स्नेहा अवस्थी, हिंदी साहित्य, प्रथम वर्ष।

स्नेहा ने अपना सिर पीट लिया। "ओह! तो तुम जासूस भी हो।" वह हंस पड़ी। उसकी हंसी ऐसी थी जैसे कांच की चूड़ियां एक साथ खनक उठी हों। उस शांत कैफ़े में उसकी हंसी ने एक नई जान फूंक दी थी।

"और तुम्हारा नाम? या वो भी मुझे किसी किताब पर ढूंढना पड़ेगा?" स्नेहा ने अपनी ठुड्डी पर हाथ रखकर पूछा।

"कृष्णा," उसने बस इतना ही कहा।

"सिर्फ कृष्णा? कोई सरनेम नहीं? कोई कहानी नहीं?"

"कहानियां उनके पास होती हैं जिनकी ज़िंदगी में बहुत सारे रंग होते हैं, स्नेहा। मैं तो बस एक सादा कागज़ हूँ," कृष्णा ने खिड़की के बाहर देखते हुए कहा, जहाँ अब बारिश थोड़ी धीमी हो चुकी थी और सड़क पर लगी लाइटों की रोशनी पानी में तैर रही थी।

"कुछ लोग पहली मुलाकात में ही वो जगह बना लेते हैं, जिसे ढूंढने में पूरी ज़िंदगी निकल जाती है।"

स्नेहा को कृष्णा की इस बात में एक अजीब सा अकेलापन महसूस हुआ। वह स्वभाव से दूसरों के दुखों को भांप लेने वाली लड़की थी। उसने अपनी किताबें समेटीं और घड़ी देखी। रात के आठ बज चुके थे।

"बारिश कम हो गई है, मुझे हॉस्टल वापस जाना चाहिए," स्नेहा ने खड़े होते हुए कहा। उसने अपना बैग कंधे पर टांगा और जाने के लिए मुड़ी, फिर अचानक रुकी और कृष्णा की तरफ देखा। "वैसे कान्हा... कागज़ चाहे कितना भी सादा हो, उस पर एक न एक दिन कोई खूबसूरत कहानी ज़रूर लिखी जाती है। शायद तुम्हारी कहानी भी लिखी जाने वाली है।"

उसने कृष्णा को 'कान्हा' कहा था। आज तक उसे इस नाम से सिर्फ उसकी मां ने पुकारा था। कृष्णा के दिल में एक अजीब सी हलचल हुई। इससे पहले कि वह कुछ कह पाता, स्नेहा कैफ़े के दरवाज़े से बाहर निकल चुकी थी।

कृष्णा वहीं बैठा रहा। टेबल पर स्नेहा की कॉफी का आधा खाली मग और हवा में उसकी मोगरे के इत्र की खुशबू अभी भी बाकी थी। उसने खिड़की के बाहर देखा, स्नेहा अपनी छतरी खोले बनारस की तंग गलियों में गायब हो रही थी।

कृष्णा ने अपनी डायरी निकाली और पेन से पहले पन्ने पर लिखा: 'स्नेहा... वो बारिश जो बिना दस्तक दिए आती है और सब कुछ भिगोकर चली जाती है।'

अगली सुबह बनारस हिंदू यूनिवर्सिटी (BHU) का परिसर धूप से नहाया हुआ था। रात की बारिश के बाद पेड़-पौधों के पत्ते और भी हरे और चमकदार लग रहे थे। स्नेहा अपनी सहेली कीर्ति के साथ कैंपस के कॉरिडोर में दौड़ रही थी।

"जल्दी कर स्नेहा! प्रोफ़ेसर शास्त्री की क्लास शुरू होने वाली है। वो पहले ही दिन लेट होने वालों को क्लास में नहीं घुसने देते!" कीर्ति हांफते हुए बोल रही थी।

स्नेहा अपनी कुर्ती के पल्लू को संभालते हुए भाग रही थी। जैसे ही वह मुड़ी, उसका पैर एक पत्थर से टकराया और वह सीधे आगे की तरफ गिरी। लेकिन वह ज़मीन पर नहीं गिरी, बल्कि किसी के मज़बूत हाथों ने उसकी कमर को थाम लिया था।

उसकी आँखें डर के मारे बंद थीं। जब उसने धीरे से अपनी आँखें **खोलीं, तो उसके सामने वही जाना-पहचाना चेहरा था। गहरी आँखें, बिखरे हुए बाल और गले में लटका हुआ वही गिटार।**

"तुम?!" स्नेहा के मुंह से चीख निकली।

कृष्णा ने उसे सीधा खड़ा किया और अपने कपड़े झाड़ते हुए कहा, "लगता है तुम्हें गिरना और चीज़ें बिखेरना बहुत पसंद है, स्नेहा।"

स्नेहा ने अपनी सहेली की तरफ देखा जो मुँह खोले उन दोनों को देख रही थी। "तुम यहाँ क्या कर रहे हो? तुम इस कॉलेज में हो?"

"हाँ, मैं संगीत विभाग (Music Department) का छात्र हूँ। और तुम्हारी क्लास इस तरफ नहीं, उस तरफ है," कृष्णा ने बाईं ओर इशारा करते हुए कहा।

स्नेहा का चेहरा शर्म से लाल हो गया। उसने अपनी किताबें उठाईं और कृष्णा को एक तीखी नज़र से देखते हुए कहा, "शुक्रिया! लेकिन अगली बार मुझे संभालने की ज़रूरत नहीं है।"

"उम्मीद है अगली बार तुम खुद को संभाल लोगी," कृष्णा ने हल्के से मुस्कुराते हुए कहा और आगे बढ़ गया।

स्नेहा उसे जाते हुए देखती रही। उसके दिल की धड़कन इस समय प्रोफ़ेसर शास्त्री की क्लास से भी ज्यादा तेज़ थी। वह समझ नहीं पा रही थी कि यह बनारस का जादू था या इस लड़के का, जो हर मोड़ पर उसके सामने आ खड़ा होता था।

बनारस हिंदू यूनिवर्सिटी (BHU) का सालाना कॉलेज फेस्ट 'स्पंदन' शुरू हो चुका था। पूरे कैंपस को रंग-बिरंगी लाइटों, हाथ से बनी पेंटिंग्स और गेंदे के फूलों से सजाया गया था। हर तरफ उत्साह और शोर था, लेकिन स्नेहा की नजरें एम्फीथिएटर के पीछे बने ग्रीन रूम के पास किसी को ढूंढ रही थीं।

"स्नेहा, तू यहाँ खड़ी क्या कर रही है? चल, संगीत प्रतियोगिता शुरू होने वाली है!" कीर्ति ने उसका हाथ खींचते हुए कहा।

"हाँ... चल, बस आई," स्नेहा ने एक आखिरी बार चारों तरफ देखा और कीर्ति के साथ ऑडिटोरियम के अंदर चली गई।

ऑडिटोरियम खचाखच भरा हुआ था। एक के बाद एक कई प्रस्तुतियाँ हुईं, लेकिन स्नेहा का दिल कहीं और था। तभी स्टेज पर अनाउंसमेंट हुई—"अब हमारे सामने आ रहे हैं संगीत विभाग के कृष्णा, अपनी एक ओरिजिनल कंपोजिशन के साथ।"

पूरा हॉल तालियों की गड़गड़ाहट से गूंज उठा। स्टेज पर अंधेरा छा गया और सिर्फ एक नीली स्पॉटलाइट कृष्णा पर आ गिरी। वह ब्लैक कुर्ते और जींस में हमेशा की तरह शांत, अपनी गिटार थामे स्टूल पर बैठा था। उसने एक बार गहरी सांस ली और माइक के पास आकर कहा:

"यह धुन शब्दों के लिए नहीं है... यह उसके लिए है जिसने एक बेजान कागज़ को अपनी हंसी से रंग दिया।"

स्नेहा का दिल जैसे एक पल के लिए थम गया। उसे कैफ़े में कही अपनी वो बात याद आई—'कागज़ चाहे कितना भी सादा हो, उस पर कोई खूबसूरत कहानी ज़रूर लिखी जाती है।' क्या कृष्णा यह उसके लिए कह रहा था?

कृष्णा की उंगलियों ने गिटार पर जादू बिखेरना शुरू किया। इस बार सिर्फ धुन नहीं थी, इस बार उसकी मखमली आवाज़ भी हवा में तैर रही थी:

"ठहरा हुआ था जो दरिया कहीं,

उसको मिली है अब एक ज़मीन...

तू जो आई है बारिश की तरह,

भीगने लगी है मेरी खामोशी कहीं।"

पूरी महफ़िल मंत्रमुग्ध थी। स्नेहा की आँखों से खुशी के दो आंसू छलक कर उसके गालों पर आ गिरे। वह बस कृष्णा को देख रही थी, और तभी अचानक गाते-गाते कृष्णा की नज़रें भीड़ में सीधे स्नेहा से जा मिलीं। दोनों की आँखें जैसे एक-दूसरे में ठहर गईं। उस पल के लिए वहाँ मौजूद हज़ारों लोग गायब हो चुके थे; वहाँ सिर्फ कृष्णा था, उसकी गिटार थी और स्नेहा थी।

जैसे ही गाना खत्म हुआ, पूरा ऑडिटोरियम 'वंस मोर' के नारों से गूंज उठा। कृष्णा को इस साल का बेस्ट परफॉर्मर का अवॉर्ड मिला।

फेस्ट खत्म होने के बाद, रात के करीब नौ बजे, अस्सी घाट पर हमेशा की तरह शांति छाने लगी थी। गंगा की लहरों पर दीयों की रोशनी तैर रही थी। स्नेहा घाट की सीढ़ियों पर अकेली बैठी पानी को निहार रही थी, तभी उसके पीछे किसी के कदमों की आहट हुई।

बिना मुड़े भी वह जानती थी कि वह कौन है। मोगरे की खुशबू और गिटार की धुन के बीच का जो रिश्ता था, वह अब गहरा हो चुका था।

कृष्णा आकर उसके बगल वाली सीढ़ी पर बैठ गया। उसने अपना अवॉर्ड साइड में रखा।

"तुमने बहुत अच्छा गाया, कान्हा," स्नेहा ने धीरे से कहा, उसकी आवाज़ में एक अजीब सी थकावट और जज्बात थे।

"तारीफ़ के लिए शुक्रिया, लेकिन तुम यहाँ अकेली क्यों बैठी हो? तुम्हारी सहेलियाँ कहाँ हैं?" कृष्णा ने पूछा।

"मैं तुमसे मिलने का इंतज़ार कर रही थी," स्नेहा ने सीधे उसकी आँखों में देखते हुए कहा। उसकी आँखों में कोई हिचकिचाहट नहीं थी। "वह गाना... वह किसके लिए था कृष्णा?"

कृष्णा ने गंगा की लहरों को देखा, जहाँ एक दीया धीरे-धीरे आगे बढ़ रहा था। उसने एक लंबी सांस ली और कहा, "बनारस में बहुत से लोग आते हैं स्नेहा। कुछ मन्नतें मांगने, कुछ गंगा में अपने पाप धोने। लेकिन मैं यहाँ सिर्फ अपनी खामोशी के साथ जीने आया था। मुझे नहीं पता था कि कोई लड़की इतनी ज़ोर से हँसेगी कि मेरी खामोशी ही टूट जाएगी।"

वह रुका और उसने स्नेहा का हाथ अपने हाथों में ले लिया। कृष्णा के हाथ ठंडे थे, लेकिन स्नेहा के हाथों की गर्मी ने जैसे उसकी रूह को छू लिया।

"वह गाना तुम्हारे लिए था, स्नेहा। मुझे शब्दों से बात करना नहीं आता, लेकिन मेरा संगीत झूठ नहीं बोलता। मुझे तुमसे मोहब्बत हो गई है," कृष्णा ने बेहद सादगी और गहराई से अपना दिल रख दिया।

स्नेहा ने कुछ नहीं कहा। उसने बस अपना सिर कृष्णा के कंधे पर रख दिया। बनारस की ठंडी हवा उनके चेहरों को छूकर गुज़र रही थी। गंगा मैया गवाह थीं कि दो अलग-अलग किनारे अब एक खूबसूरत नदी बनकर साथ बहने के लिए तैयार थे।

लेकिन वे दोनों इस बात से अनजान थे कि किस्मत इतनी आसानी से किसी को मुकम्मल नहीं होने देती। शहर की इस शांत रातों के पीछे, एक ऐसा तूफ़ान आने वाला था जो उनके इस खूबसूरत रिश्ते को हिलाकर रख देने वाला था।

अस्सी घाट की उस जादुई रात के बाद, कृष्णा और स्नेहा की दुनिया जैसे पूरी तरह बदल चुकी थी। अब यूनिवर्सिटी का हर कोना उनकी हँसी, उनकी अंतहीन बातचीत और शांत मुलाकातों का गवाह बन रहा था। लेकिन प्यार की धूप जितनी तेज़ होती है, उसकी परछाइयाँ भी उतनी ही गहरी होती हैं।

एक दोपहर, जब दोनों लाइब्रेरी के पीछे पुरानी अमराई में बैठे थे, स्नेहा ने कृष्णा के हाथ पर एक गहरा निशान देखा। यह किसी पुरानी चोट का निशान था, जो कलाई से शुरू होकर हथेली तक जा रहा था।

"कान्हा... यह निशान कैसा है?" स्नेहा ने उसका हाथ अपने हाथ में लेते हुए फिक्रमंद आवाज़ में पूछा।

कृष्णा ने तुरंत अपना हाथ पीछे खींच लिया। उसके चेहरे की वो चिर-परिचित शांति एक पल के लिए गायब हो गई, और उसकी जगह एक अजीब सी कड़वाहट ने ले ली। उसने अपनी आस्तीन नीचे करते हुए कहा, "कुछ नहीं स्नेहा, बस एक पुराना हादसा है। तुम इस बारे में बात न करो तो बेहतर होगा।"

"क्यों न करूँ बात?" स्नेहा जिद पर अड़ गई। "मैं तुम्हारी ज़िंदगी का हिस्सा हूँ, कृष्णा। लेकिन मुझे ऐसा क्यों लगता है कि तुम आज भी मुझसे अपनी ज़िंदगी का एक बहुत बड़ा हिस्सा छुपा रहे हो? तुम बनारस क्यों आए? तुम्हारा परिवार कहाँ है? तुम कभी उनके बारे में बात क्यों नहीं करते?"

कृष्णा चुपचाप खड़ा हो गया। उसने अपनी डायरी उठाई और बिना स्नेहा की तरफ देखे कहा, "कुछ सवाल ऐसे होते हैं स्नेहा, जिनके जवाब अगर मिल जाएँ... तो इंसान टूट जाता है। मैं तुम्हें खोना नहीं चाहता।"

इससे पहले कि स्नेहा कुछ और पूछ पाती, कृष्णा वहाँ से तेज़ कदमों से चला गया। स्नेहा वहीं बैठी रही, उसकी आँखों में आंसू आ गए। वह समझ नहीं पा रही थी कि जो लड़का उसके एक आंसू पर अपनी पूरी

दुनिया वार सकता था, वह अपने अतीत को लेकर इतना डरा हुआ क्यों था?

शाम को जब स्नेहा अपने हॉस्टल के कमरे में उदास बैठी थी, तभी उसके फोन की घंटी बजी। स्क्रीन पर 'पापा' का नाम चमक रहा था। स्नेहा ने एक गहरी सांस ली और फोन उठाया।

"हैलो, पापा?"

"स्नेहा, कैसी हो बेटा? पढ़ाई कैसी चल रही है?" दूसरी तरफ से उसके पिता की गंभीर और रोबीली आवाज़ आई। उसके पिता, राघवेंद्र अवस्थी, लखनऊ के एक जाने-माने और सख्त मिजाज के बिजनेसमैन थे, जिनके लिए उनके परिवार की प्रतिष्ठा से बढ़कर कुछ नहीं था।

"मैं ठीक हूँ पापा। आप कैसे हैं?"

"हम सब ठीक हैं। सुनो, अगले हफ्ते तुम्हें दो दिनों के लिए लखनऊ आना होगा। तुम्हारी बुआ के बेटे की शादी है, और साथ ही... तुम्हारे लिए एक बहुत अच्छे खानदान से रिश्ता आया है। लड़के वाले भी शादी में आ रहे हैं। मैं चाहता हूँ कि तुम उनसे मिलो।"

यह सुनते ही जैसे स्नेहा के पैरों तले ज़मीन खिसक गई। उसका गला सूख गया। "लेकिन पापा... अभी तो मेरी पढ़ाई चल रही है। मैं अभी शादी के बारे में नहीं सोचना चाहती।"

"स्नेहा!" पापा की आवाज़ में सख्ती आ गई। "सिर्फ मिलने की बात हो रही है, कल ही शादी नहीं है। और तुम जानती हो कि मेरे फैसले के आगे कोई बहस नहीं होती। अगले शुक्रवार की टिकट मैंने करवा दी है। समय पर घर पहुँच जाना।"

फोन कट गया। स्नेहा का दिल बुरी तरह धड़क रहा था। एक तरफ कृष्णा का वो रहस्यमयी अतीत था जो उनके बीच एक दीवार बन रहा था, और दूसरी तरफ उसका अपना परिवार, जो उसकी ज़िंदगी का फैसला करने के लिए तैयार बैठा था।

वह तुरंत कृष्णा के कमरे की तरफ भागी। उसे कृष्णा से बात करनी थी, उसे बताना था कि वक्त उनके पास बहुत कम है। लेकिन जब वह कृष्णा के किराए के कमरे पर पहुँची, तो वहाँ का नज़ारा देखकर उसके होश उड़ गए।

कमरे का दरवाज़ा खुला हुआ था, अंदर का सारा सामान बिखरा पड़ा था, गिटार ज़मीन पर गिरा हुआ था और कृष्णा कमरे के एक कोने में सिर पर हाथ रखे बैठा था। उसकी आँखों में वो दर्द था जो स्नेहा ने पहले कभी नहीं देखा था।

स्नेहा ने जैसे ही कमरे के अंदर कदम रखा, उसके पैरों के नीचे कांच के कुछ टुकड़े चटक गए। दीवार पर टंगी कृष्णा की एक पुरानी तस्वीर ज़मीन पर टूटी पड़ी थी। कृष्णा ने जब स्नेहा की आहट सुनी, तो उसने धीरे से अपना सिर उठाया। उसकी आँखें लाल थीं, जैसे वह सदियों से सोया न हो।

"कान्हा! यह सब क्या है? क्या हुआ यहाँ?" स्नेहा घुटनों के बल उसके पास बैठ गई और उसके चेहरे को अपने हाथों में ले लिया।

कृष्णा ने एक सूखी हँसी हँसते हुए अपने कांपते हाथों से ज़मीन पर गिरा एक पत्र उठाया और स्नेहा की तरफ बढ़ा दिया। स्नेहा ने कांपते हाथों से उस पत्र को खोला। वह किसी वकील का नोटिस था, जिस पर बड़े अक्षरों में लिखा था—'जायदाद और बेदखली का अंतिम आदेश'।

"यह क्या है कृष्णा? तुम तो कहते थे तुम्हारा कोई परिवार नहीं है?" स्नेहा ने हैरान होकर पूछा।

कृष्णा ने एक लंबी और दर्दभरी सांस ली। "मैंने झूठ कहा था, स्नेहा। परिवार था... और शायद बहुत बड़ा था। प्रयागराज के सबसे बड़े रईसों में गिने जाते थे हम। लेकिन पाँच साल पहले एक रात... सब कुछ खत्म हो गया।"

कृष्णा की आवाज़ में एक अजीब सा भारीपन आ गया, जैसे वह किसी बहुत पुराने मलबे को हटा रहा हो।

"मेरे पिता एक बेहद सख्त और लालची इंसान हैं। उनके लिए रिश्ते सिर्फ एक बिज़नेस डील थे। मैं संगीत से प्यार करता था, और वो मुझे अपनी फैक्ट्री की कुर्सियों पर देखना चाहते थे। जब मैंने मना किया, तो उन्होंने मेरी उंगलियां तोड़ने की कोशिश की..." कृष्णा ने अपनी कलाई का वो निशान स्नेहा को दिखाया। "यह निशान किसी हादसे का नहीं है स्नेहा, यह मेरे सगे बाप की दी हुई बेरहमी का इनाम है।"

स्नेहा की आँखों से आंसू बहने लगे। उसने कृष्णा के उस हाथ को चूम लिया।

"मैं उस घर से भाग आया। अपनी माँ को वहीं छोड़ आया क्योंकि वो पिताजी के खिलाफ कभी नहीं बोल पाईं। आज पाँच साल बाद, मेरे पिता ने मुझे कानूनी रूप से मरा हुआ घोषित करने और मेरी माँ के नाम की बची-कुची ज़मीन को भी अपने नाम करने के कागज़ात भेजे हैं। वो मुझे पूरी तरह मिटा देना चाहते हैं," कृष्णा का गला रुंध गया।

स्नेहा ने कृष्णा को कसकर गले लगा लिया। "मैं हूँ न कान्हा... मैं कभी तुम्हें अकेला नहीं छोड़ूंगी। चाहे पूरी दुनिया एक तरफ हो जाए।"

लेकिन जब स्नेहा ने यह कहा, तो उसके खुद के दिमाग में उसके पिता की वो सख्त आवाज़ गूंज रही थी—'अगले शुक्रवार लखनऊ पहुँच जाना, लड़के वाले आ रहे हैं।'

शुक्रवार का दिन आ गया। बनारस रेलवे स्टेशन पर भारी भीड़ थी। ट्रेन की सीटी गूंज रही थी। कृष्णा स्नेहा को छोड़ने स्टेशन आया था। दोनों के बीच एक अजीब सी खामोशी थी। कृष्णा का अतीत सामने आ चुका था, और स्नेहा का भविष्य दांव पर था।

स्नेहा ने ट्रेन के दरवाज़े पर खड़े होकर कृष्णा का हाथ पकड़ा। "कान्हा, मैं सिर्फ तीन दिन में वापस आ जाऊँगी। तुम अपना ख्याल रखना। और प्लीज, उस अतीत को खुद पर हावी मत होने देना।"

कृष्णा ने फीकी सी मुस्कान के साथ उसका हाथ थपथपाया। "मैं तुम्हारा इंतज़ार करूँगा, स्नेहा। तुम बिना किसी डर के जाओ।"

ट्रेन धीरे-धीरे रेंगने लगी। स्नेहा तब तक खिड़की से बाहर हाथ हिलाती रही, जब तक कृष्णा का ब्लैक कुर्ता भीड़ में धुंधला नहीं हो गया।

लखनऊ की 'अवस्थी निवास' हवेली में जश्न का माहौल था। बुआ के बेटे की शादी की तैयारियां ज़ोरों पर थीं। रंग-बिरंगे टेंट, शहनाई की धुन

और मेहमानों की चहल-पहल के बीच स्नेहा का दिल बनारस की उन तंग गलियों और अस्सी घाट की सीढ़ियों पर ही छूटा हुआ था।

शादी वाले दिन, शाम को राघवेंद्र अवस्थी (स्नेहा के पापा) ने उसे अपने स्टडी रूम में बुलाया।

"बैठो स्नेहा," पापा ने सोफे की तरफ इशारा करते हुए कहा। उनके साथ एक और उम्रदराज व्यक्ति बैठे थे, जिनका रसूख और रौब देखते ही बनता था।

"स्नेहा, इनसे मिलो। यह प्रयागराज के बहुत बड़े उद्योगपति हैं, मिस्टर अमरेंद्र नारायण सिंह। और जिस लड़के का रिश्ता मैंने तुम्हारे लिए तय किया है, वह इन्हीं का छोटा बेटा है—अथर्व," पापा ने गर्व से कहा।

स्नेहा ने औपचारिकता के लिए अपने हाथ जोड़े। लेकिन जैसे ही उसने 'प्रयागराज' और 'अमरेंद्र नारायण सिंह' नाम सुना, उसके कान खड़े हो गए। उसे कृष्णा की कही एक-एक बात याद आने लगी—प्रयागराज के रईस, संगीत से नफरत करने वाले पिता...

तभी अमरेंद्र नारायण ने अपने फोन में एक तस्वीर निकाली और स्नेहा के पापा को दिखाते हुए गर्व से बोले, "राघवेंद्र जी, मेरा बड़ा बेटा तो नालायक निकला, संगीत के चक्कर में घर से भाग गया और मैंने उसे अपनी ज़िंदगी से बेदखल कर दिया। लेकिन मेरा छोटा बेटा अथर्व मेरा गौरव है। यह रही उसकी तस्वीर।"

स्नेहा की नज़र जैसे ही उस फोन की स्क्रीन पर पड़ी, उसके हाथों के तोते उड़ गए। उस तस्वीर में अथर्व के पीछे दीवार पर एक पारिवारिक फोटो टंगी थी, जिसमें कोई और नहीं, बल्कि हाथ में गिटार थामे 18 साल का कृष्णा खड़ा था।

स्नेहा के मुंह से एक दबी हुई चीख निकलने ही वाली थी कि उसने अपने होठों को भींच लिया। किस्मत ने एक ऐसा क्रूर मज़ाक किया था,

जिसकी कल्पना न तो कृष्णा ने की थी और न ही स्नेहा ने। वह जिस लड़के के साथ अपनी पूरी ज़िंदगी बिताने के सपने देख रही थी, उसी के सगे भाई के साथ उसकी शादी की बात चल रही था, और उसका होने वाला ससुर कोई और नहीं, बल्कि कृष्णा का सबसे बड़ा दुश्मन था।

अमरेंद्र नारायण सिंह के फोन की स्क्रीन पर टंगी उस पारिवारिक तस्वीर को देखकर स्नेहा के पैरों तले ज़मीन खिसक चुकी थी। उसके चेहरे का रंग उड़ गया, और हाथ-पैर ठंडे पड़ गए। कमरे में चल रही बातें अब उसके कानों में सिर्फ एक धुंधली गूंज की तरह सुनाई दे रही थीं।

"क्या हुआ स्नेहा? तबीयत तो ठीक है तुम्हारी? चेहरा इतना सफ़ेद क्यों पड़ गया?" राघवेंद्र अवस्थी ने अपनी बेटी की बदली हुई हालत देखकर टोका।

स्नेहा ने किसी तरह खुद को संभाला। उसने अपनी मुट्ठियाँ भींचीं और अमरेंद्र नारायण की आँखों में सीधे देखते हुए पूछा, "अंकल... आपने कहा कि आपका बड़ा बेटा नालायक था। क्या सिर्फ अपनी पसंद का संगीत चुनना नालायकी होती है? या फिर अपने ही बेटे की उंगलियाँ तोड़ने की कोशिश करना एक पिता की महानता होती है?"

कमरे में सन्नाटा छा गया। हवा जैसे जम सी गई।

राघवेंद्र अवस्थी गुस्से में अपनी कुर्सी से खड़े हो गए। "स्नेहा! यह किस तरह की बदतमीज़ी है? तुम अमरेंद्र जी से कैसे बात कर रही हो? और तुम्हें इन सब बातों के बारे में कैसे पता?"

अमरेंद्र नारायण के चेहरे पर शिकन आ गई। उनकी आँखें सिकुड़ गईं। "राघवेंद्र जी, लगता है आपकी बेटी मेरे उस भगोड़े बेटे 'कृष्णा' के बारे में कुछ ज्यादा ही जानती है। तो... वो बनारस में छुपा बैठा है?"

"हाँ!" स्नेहा अब डरने वाली नहीं थी। उसकी आँखों में बनारस के घाटों जैसी लहरें उबल रही थीं। "वह छुपा नहीं है, वह अपनी ज़िंदगी जी रहा

है। उस घुटन से दूर, जिसे आप लोग परिवार कहते हैं। और पापा... मैं इस शादी के लिए कभी हाँ नहीं कहूँगी। मैं उस परिवार का हिस्सा कभी नहीं बन सकती जो अपने ही बच्चों का दुश्मन हो।"

"स्नेहा!" राघवेंद्र जी की कड़क आवाज़ पूरी हवेली में गूँज उठी। "चुपचाप अपने कमरे में जाओ! इस शादी और तुम्हारे भविष्य का फैसला मैं कर चुका हूँ। तुम्हारी बगावत इस घर की दहलीज़ पार नहीं कर पाएगी।"

स्नेहा रोती हुई अपने कमरे की तरफ भागी। उसने तुरंत दरवाज़ा अंदर से बंद किया और कांपते हाथों से कृष्णा का नंबर डायल किया। लेकिन फोन 'नॉट रीचेबल' आ रहा था। बनारस में मौसम खराब था, या शायद कृष्णा खुद को दुनिया से काट चुका था। स्नेहा ने फैसला कर लिया था—वह इस बंद पिंजरे में घुटकर नहीं मरेगी।

रात के करीब दो बज रहे थे। पूरी हवेली गहरी नींद में सो रही थी, सिर्फ मुख्य दरवाज़े पर दो गार्ड्स तैनात थे। स्नेहा ने एक छोटा सा बैग तैयार किया, जिसमें उसकी कुछ किताबें और कृष्णा की दी हुई वो पुरानी डायरी थी।

उसने अपने कमरे की खिड़की से नीचे देखा। खुशकिस्मती से, खिड़की के ठीक नीचे एक पुराना पाइप गुज़र रहा था जो सीधे बागीचे में खुलता था। बचपन में जब वह छुपम-छुपाई खेलती थी, तब इस रास्ते का इस्तेमाल करती थी, लेकिन आज यह उसकी ज़िंदगी का सबसे बड़ा जुआ था।

साड़ी के पल्लू को कसकर बांधते हुए स्नेहा धीरे से खिड़की से बाहर निकली। उसका दिल इतनी ज़ोर से धड़क रहा था कि उसे लगा गार्ड्स उसकी धड़कनें सुन लेंगे। पैर फिसलने से एक गमला हिला, लेकिन वह बिना आवाज़ किए नीचे बागीचे में उतर आई।

वह बागीचे की छोटी दीवार फांदकर मुख्य सड़क पर आ गई। लखनऊ की सड़कें इस वक्त सुनसान थीं। उसने बिना वक्त गंवाए एक ऑटो

वाले को हाथ दिया और सीधे चारबाग रेलवे स्टेशन पहुँच गई। सुबह के चार बजे वाली 'वरुणा एक्सप्रेस' बनारस के लिए रवाना होने वाली थी। स्नेहा ने टिकट ली और ट्रेन के कोने वाली सीट पर बैठ गई। उसने खिड़की के बाहर देखा, लखनऊ पीछे छूट रहा था और उसकी मंजिल, उसका कान्हा, उसका बनारस उसका इंतज़ार कर रहा था।

सुबह के ग्यारह बजे तक ट्रेन बनारस पहुँच चुकी थी। स्नेहा बिना अपने हॉस्टल गए, सीधे कृष्णा के कमरे की तरफ भागी। उसके पैर थक चुके थे, आँखें सूज चुकी थीं, लेकिन दिल में सिर्फ एक ही उम्मीद थी—कृष्णा का चेहरा देखना।

जब वह उसके कमरे के पास पहुँची, तो मकान मालिक बाहर झाड़ू लगा रहे थे।

"अंकल! कृष्णा कहाँ है? वह अंदर है क्या?" स्नेहा ने हांफते हुए पूछा।

मकान मालिक ने दुखी नज़रों से स्नेहा की तरफ देखा। "बेटा... तुम कल रात नहीं थीं। यहाँ पुलिस आई थी। इलाहाबाद

(प्रयागराज) से कुछ रसूखदार लोग आए थे। वे कृष्णा को ज़बरदस्ती अपने साथ एक गाड़ी में ले गए। कृष्णा ने बहुत विरोध किया, लेकिन वो लोग उसे घसीटते हुए ले गए। जाते-जाते उसने यह गिटार और एक खत मेरे पास छोड़ा था, कहा था कि अगर स्नेहा आए तो उसे दे देना।"

स्नेहा के हाथ से उसका बैग छूटकर गिर गया। उसने मकान मालिक के हाथ से वो खत झपट लिया। खत पर कृष्णा के हाथ के लिखे कुछ आखिरी शब्द थे:

"स्नेहा, अतीत ने मुझे ढूंढ लिया है। मुझे वापस उसी अंधेरे में ले जाया जा रहा है जिससे मैं भागा था। मेरे गिटार को अपने पास रखना, मेरी धुन अब तुम्हारे पास महफ़ूज़ है। मुझसे मिलने की कोशिश मत करना, वो लोग तुम्हें नुकसान पहुँचा सकते हैं। अलविदा, मेरी बारिश..."

स्नेहा वहीं सीढ़ियों पर बैठ गई। उसने कृष्णा के गिटार को गले से लगा लिया और उसकी रोने की आवाज़ अस्सी घाट की हवाओं में बिखर गई। नियति ने अपना खेल खेल दिया था—भाग 1 समाप्त हो चुका था, और विरह का वो लंबा दौर शुरू होने वाला था, जो उनके प्रेम की सबसे कठिन परीक्षा लेने वाला था।

समय किसी के लिए नहीं रुकता, न खुशियों के लिए और न ही दिल के मलबे पर बैठे किसी आशिक के लिए। बनारस की गलियों से कृष्णा को गए पूरे पाँच साल बीत चुके थे। इन पाँच सालों में गंगा का पानी न जाने कितनी बार बदला, घाटों के रंग बदले, लेकिन अस्सी घाट की उस सीढ़ी पर बिखरी यादें वैसी की वैसी ही रहीं।

स्नेहा अब वह चुलबुली, बिना सोचे कुछ भी बोल देने वाली लड़की नहीं रही थी। पाँच सालों के इस लंबे विरह ने उसे शांत और बेहद गंभीर बना दिया था। उसने अपनी पढ़ाई पूरी की और अब वह दिल्ली के एक प्रतिष्ठित पब्लिशिंग हाउस में सीनियर एडिटर के पद पर काम कर रही थी। उसने शादी नहीं की। उसके पिता ने बहुत दबाव बनाया, मिन्नतें कीं, लेकिन स्नेहा ने साफ़ कह दिया था—"शरीर पर ज़बरदस्ती हक़ जताया जा सकता है पापा, रूह पर नहीं। और मेरी रूह बनारस के किसी कोने में छूट गई है।"

वह दिल्ली के अपने शांत फ्लैट में रहती थी। उसके कमरे के एक कोने में आज भी कृष्णा का वह पुराना गिटार रखा था, जिसे वह हर शाम साफ़ करती और उसकी धूल हटाती, जैसे वह कृष्णा की यादों को धुंधला होने से बचा रही हो।

उधर प्रयागराज (इलाहाबाद) की उस बड़ी हवेली में, कृष्णा नाम का लड़का तो था, लेकिन उसकी आत्मा गायब थी। अमरेंद्र नारायण सिंह ने उसे वापस लाकर बिज़नेस की बड़ी कुर्सी पर तो बिठा दिया था, लेकिन वे उसके अंदर के संगीतकार को हमेशा के लिए मार चुके थे। कृष्णा ने गिटार को हाथ लगाना छोड़ दिया था। वह दिन-रात सिर्फ काम करता, एक रोबोट की तरह। उसकी आँखें पथरा चुकी थीं। उसने कभी अपने पिता से बगावत नहीं की, क्योंकि उसे पता था कि उसकी एक भी गलती स्नेहा की ज़िंदगी को खतरे में डाल सकती थी।

दिल्ली की एक उदास, बारिश वाली शाम। स्नेहा अपने ऑफिस की केबिन में बैठी चाय पी रही थी और लेखकों द्वारा भेजी गई नई किताबों की स्क्रिप्ट्स (पांडुलिपि) खंगाल रही थी। अचानक उसकी सहेली और कलीग कीर्ति (जो अब उसके साथ ही काम करती थी) कमरे में आई।

"स्नेहा, यह एक नए लेखक की स्क्रिप्ट आई है। किसी ने अपना असली नाम नहीं लिखा है, सिर्फ एक पेन-नेम लिखा है—'कान्हा'। कहानी अधूरी है, लेकिन इसमें जो दर्द है, वो सीधे दिल को छूता है। तुम एक बार इसे ज़रूर पढ़ो," कीर्ति ने एक मोटी फाइल टेबल पर रखते हुए कहा।

'कान्हा' नाम सुनते ही स्नेहा के हाथ की चाय की प्याली थोड़ी सी हिल गई। उसने भारी मन से फाइल को अपनी तरफ खींचा और पहला पन्ना पलटा।

पहले पन्ने पर कोई भूमिका नहीं थी, सिर्फ एक कविता लिखी थी:

"बनारस की बारिश में जो भीगा था कभी,

वह कागज़ आज भी सादा है...

धुन अधूरी है, पर उसे पूरा करने का,

इस धड़कन का वादा है।"

स्नेहा की आँखों से आंसू टपक कर सीधे उस पन्ने पर जा गिरे। अक्षरों की बनावट, शब्दों का वह खालीपन, और वह अनोखा अंदाज़... स्नेहा को समझने में एक सेकंड भी नहीं लगा कि यह स्क्रिप्ट किसी और ने नहीं, बल्कि उसके कृष्णा ने लिखी है। वह ज़मीन-आसमान एक करके भी जिस तक नहीं पहुँच पा रही थी, वह शब्दों के ज़रिए उसके पास लौट आया था।

स्नेहा ने बिना कोई वक्त गंवाए उस किताब को तुरंत पब्लिश करने का फैसला किया। उसने अपनी पोजीशन का इस्तेमाल करके उस बेनाम

लेखक को 'दिल्ली इंटरनेशनल लिटरेचर फेस्टिवल' में मुख्य अतिथि के रूप में आमंत्रित करवाया। उसे पता था कि लेखक खुद नहीं आएगा, उसके बिज़नेस मैनेजर या कोई और आएगा, लेकिन उसने एक शर्त रखी थी कि कॉन्ट्रैक्ट साइन करने के लिए लेखक को खुद मौजूद रहना होगा।

फेस्टिवल का दिन आ गया। दिल्ली का प्रगति मैदान रोशनी से जगमगा रहा था। देश-विदेश के बड़े-बड़े लेखक और बिज़नेसमैन वहाँ मौजूद थे। स्नेहा स्टेज के पीछे बने वीआईपी लाउंज में बेचैनी से टहल रही थी। उसका दिल ऐसे धड़क रहा था जैसे वह पाँच साल पहले अस्सी घाट पर खड़ी हो।

तभी लाउंज का दरवाज़ा खुला। एक लंबा, सूट-बूट में लिपटा हुआ शख्स अंदर दाखिल हुआ। उसके चेहरे पर महंगी दाढ़ी थी, आँखों पर डार्क चश्मा था, और उसके साथ तीन बॉडीगार्ड्स थे। वह कोई मामूली लेखक नहीं, बल्कि प्रयागराज का नामी बिज़नेसमैन बन चुका था।

जैसे ही उसने अपना चश्मा हटाया, स्नेहा की सांसें थम गईं।

वही गहरी आँखें, जिनमें अब और भी ज्यादा अकेलापन था। वह कृष्णा ही था। कृष्णा ने जब सामने देखा, तो उसके पैर भी वहीं जम गए। उसने सपने में भी नहीं सोचा था कि जिस पब्लिशिंग हाउस को उसने अपनी अधूरी दास्तान भेजी थी, उसकी कर्ता-धर्ता उसकी स्नेहा होगी।

"स्नेहा..." कृष्णा के मुंह से पाँच साल बाद यह नाम निकला, और उसकी आवाज़ कांप गई।

"तुमने अपनी धुन अधूरी क्यों छोड़ दी, कान्हा?" स्नेहा ने रोते हुए उसके पास जाकर पूछा।

कृष्णा ने अपने गार्ड्स को बाहर जाने का इशारा किया। दरवाज़ा बंद होते ही, कृष्णा ने अपनी सारी संजीदगी, अपना सारा रसूख किनारे रख

दिया और सीधे स्नेहा को गले से लगा लिया। पाँच सालों का बांध एक पल में टूट गया। दोनों बिना कुछ बोले बस रोते रहे। दिल्ली की उस भीड़भाड़ के बीच, दो आत्माएं फिर से एक हो चुकी थीं।

दिल्ली के उस वीआईपी लाउंज का बंद दरवाज़ा जैसे दो अलग-अलग दुनियाओं के बीच की सरहद बन चुका था। बाहर गाड़ियों का शोर, मीडिया के कैमरों की फ्लैशलाइट और लोगों की चहल-पहल थी, लेकिन अंदर सिर्फ दो दिलों की सिसकियाँ थीं जो पाँच सालों से एक-दूसरे के लिए तड़प रही थीं।

कृष्णा ने स्नेहा को खुद से थोड़ा दूर किया। उसने अपनी कांपती उंगलियों से स्नेहा के गालों पर बिखरे आंसुओं को पोंछा। उसकी आँखों में आज बिज़नेस टायकून का रोब नहीं, बल्कि वही पुराना बनारस का 'कान्हा' तड़प रहा था।

"तुम यहाँ कैसे स्नेहा? मैंने तो सोचा था कि तुम... तुम लखनऊ वापस जाकर अपने पापा की मर्जी से अपनी ज़िंदगी में आगे बढ़ चुकी होगी," कृष्णा की आवाज़ में एक अजीब सी बेबसी थी।

"आगे बढ़ चुकी होती तो आज इस कदर तुम्हारे सामने खड़ी होकर रो नहीं रही होती, कान्हा," स्नेहा ने उसका हाथ थामते हुए कहा। "तुम्हारे जाने के बाद मेरे पापा ने मुझे कमरे में बंद कर दिया था। मैं खिड़की से कूदकर भागी, सीधे तुम्हारे कमरे पर पहुँची... पर तुम वहाँ नहीं थे। सिर्फ तुम्हारी ये अधूरी धुन और तुम्हारा गिटार मेरे पास था।"

कृष्णा ने अपना सिर झुका लिया। "मुझे माफ़ कर देना, स्नेहा। मेरे पिता... वो कोई इंसान नहीं हैं। उन्होंने मुझे धमकी दी थी कि अगर मैं वापस नहीं आया या मैंने तुमसे संपर्क करने की कोशिश की, तो वो तुम्हारे परिवार को बर्बाद कर देंगे। मैं खुद को तो मिटते देख सकता था, पर तुम्हें कोई आंच आए, यह मुझे बर्दाश्त नहीं था।"

"तो तुमने अपनी रूह का ही सौदा कर लिया?" स्नेहा ने शिकवे भरी नज़रों से उसे देखा। "इन पाँच सालों में तुमने एक बार भी गिटार को हाथ नहीं लगाया?"

कृष्णा कमरे के कोने में लगी कांच की खिड़की के पास जाकर खड़ा हो गया, जहाँ से दिल्ली की चमचमाती सड़कें दिख रही थीं। "इन उंगलियों ने जब भी तारों को छूने की कोशिश की, मुझे तुम्हारी हंसी याद आ गई, स्नेहा। और जब भी तुम्हारी याद आती, मेरा दर्द एक चीख बनकर बाहर आना चाहता था। संगीत तो खुशी में निकलता है, मेरे पास तो सिर्फ एक खामोश चीख थी। इसलिए मैंने लिखना शुरू किया। जो बातें मैं कह नहीं पाया, वो मैंने उस स्क्रिप्ट में लिख दीं।"

अभी दोनों अपनी यादों के समंदर में डूबे ही थे कि अचानक कृष्णा के फोन की घंटी बजी। स्क्रीन पर 'अमरेंद्र नारायण सिंह' का नाम चमक रहा था। कृष्णा का चेहरा एक बार फिर सख्त और बेजान हो गया। उसने फोन उठाया और स्पीकर पर डाल दिया।

"हैलो, कृष्णा? तुम कहाँ हो? दिल्ली के फेस्टिवल का काम खत्म हुआ या नहीं?" अमरेंद्र नारायण की वो रोबीली, बिना जज्बात वाली आवाज़ गूंजी। "याद रखना, कल सुबह तुम्हें इलाहाबाद की बोर्ड मीटिंग में रहना है। और हाँ, राघवेंद्र अवस्थी जी (स्नेहा के पापा) भी अपनी कंपनी के मर्जर के सिलसिले में वहाँ आ रहे हैं।"

स्नेहा ने जैसे ही अपने पापा का नाम सुना, उसकी सांसें तेज़ हो गईं।

कृष्णा ने स्नेहा की तरफ देखा। उसकी आँखों में अब वह पुराना डर नहीं, बल्कि एक नया संकल्प था। उसने फोन पर सीधे और साफ़ शब्दों में कहा, "पिताजी, मैं कल की मीटिंग में ज़रूर आऊँगा। लेकिन एक बिज़नेस पार्टनर की तरह नहीं... अमरेंद्र नारायण सिंह के बेटे की तरह नहीं। मैं अपनी ज़िंदगी का आखिरी हिसाब-किताब करने आ रहा हूँ।"

"क्या मतलब है तुम्हारा?!" दूसरी तरफ से अमरेंद्र नारायण की आवाज़ में गुस्सा भड़क उठा, लेकिन कृष्णा ने बिना जवाब सुने फोन काट दिया।

उसने टर्न लिया और स्नेहा के दोनों हाथ अपने हाथों में ले लिए। "पाँच साल पहले मैं कमजोर था स्नेहा। मैं भागा था क्योंकि मेरे पास खोने के लिए तुम थीं और तुम्हें बचाने के लिए मेरे पास कोई ताकत नहीं थी। लेकिन आज... आज मैं इस साम्राज्य का आधा मालिक हूँ। आज मेरे पास वो ताकत है जिससे मैं अपने पिता की आँखों में आँखें डालकर बात कर सकूँ। क्या तुम मेरे साथ कल इलाहाबाद चलोगी? अपनी कहानी को अंजाम तक पहुँचाने के लिए?"

स्नेहा ने बिना एक पल गंवाए हाँ में सिर हिला दिया। "मैं तुम्हारे साथ नर्क तक जाने को तैयार हूँ कान्हा, बशर्ते तुम्हारा हाथ मेरे हाथ में हो।"

अगले दिन, प्रयागराज (इलाहाबाद) के सबसे पॉश इलाके में स्थित 'नारायण एम्पायर' के आलीशान बोर्ड रूम में सन्नाटा पसरा हुआ था। बड़ी सी कांफ्रेंस टेबल के एक तरफ अमरेंद्र नारायण सिंह बैठे थे, और दूसरी तरफ लखनऊ से आए राघवेंद्र अवस्थी। दोनों के चेहरे पर बिज़नेस के रसूख का घमंड था।

तभी भारी दरवाज़ा खुला। कृष्णा अंदर दाखिल हुआ, लेकिन वह अकेला नहीं था। उसके ठीक पीछे, हल्के नीले रंग के सूट में स्नेहा खड़ी थी।

राघवेंद्र अवस्थी अपनी कुर्सी से झटके से खड़े हो गए। "स्नेहा?! तुम यहाँ... इस लड़के के साथ? तो तुम दिल्ली में इसके साथ गुलछर्रे उड़ा रही थी?"

"जुबान संभाल कर बात कीजिए, अवस्थी जी!" कृष्णा की आवाज़ बोर्ड रूम की दीवारों से टकराकर गूँज उठी। उसकी आवाज़ में इतनी कड़क थी कि राघवेंद्र जी भी एक पल के लिए सहम गए।

अमरेंद्र नारायण सिंह अपनी सिगार सुलगाते हुए धीरे से मुस्कुराए। "तो... आखिर भगोड़ा अपनी मंज़िल पर वापस आ ही गया। कृष्णा, तुम्हें क्या लगता है? तुम इस लड़की को साथ लेकर आओगे और मैं पिघल जाऊँगा? तुम दोनों की हैसियत क्या है मेरे सामने?"

कृष्णा कांफ्रेंस टेबल के पास आया। उसने अपनी पॉकेट से एक ब्लैक पेन-ड्राइव निकाली और टेबल पर फेंक दी।

"इस पेन-ड्राइव में मिस्टर अमरेंद्र नारायण सिंह के पिछले दस सालों के टैक्स चोरी, शेल कंपनियों के ज़रिए की गई मनी लॉन्ड्रिंग और राजनीतिक फंडिंग्स के सारे कच्चे चिट्ठे हैं," कृष्णा ने शांति से कहा।

अमरेंद्र नारायण के हाथ से सिगार छूटकर टेबल पर गिर गई। उनका चेहरा पल भर में पीला पड़ गया। "तुम... तुम अपने ही बाप को धमकी दे रहे हो?"

"नहीं, मैं सिर्फ एक बिज़नेसमैन से डील कर रहा हूँ, जैसा कि आपने मुझे सिखाया है," कृष्णा ने झुककर अपने पिता की आँखों में देखा। "अगर आप चाहते हैं कि ये सारे सबूत मीडिया और ईडी (ED) के पास न जाएँ, तो आज इसी वक्त, इस कंपनी के पचास फीसदी शेयर्स मेरी माँ के नाम ट्रांसफर होंगे, और आप मेरी और स्नेहा की ज़िंदगी से हमेशा-हमेशा के लिए दूर हो जाएंगे।"

फिर कृष्णा मुड़ा राघवेंद्र अवस्थी की तरफ। "और अवस्थी जी, आपकी कंपनी को जो लोन डिफॉल्टर होने से बचाने के लिए नारायण ग्रुप की ज़रूरत थी, वो लोन अब मेरी माँ की कंपनी स्पॉन्सर करेगी। लेकिन शर्त एक ही है... स्नेहा की ज़िंदगी पर अब सिर्फ और सिर्फ स्नेहा का हक होगा।"

पूरे बोर्ड रूम में ऐसा सन्नाटा छा गया जैसे किसी ने सबकी सांसें खींच ली हों। दो रसूखदार पिता, जो अपनी औलादों की खुशियों को अपने पैरों तले कुचल चुके थे, आज अपनी ही बनाई बिज़नेस की बिसात पर मात खा चुके थे।

तीन महीने बाद...

बनारस की हवाओं में फिर से वही मोगरे की खुशबू घुली हुई थी। शाम के वक्त अस्सी घाट की सीढ़ियाँ दीयों की रोशनी से जगमगा रही थीं। गंगा आरती के शंख और घंटियों की आवाज़ हवा में तैर रही थी।

घाट की उसी पुरानी सीढ़ी पर, कृष्णा बैठा था। इस बार उसने सूट-बूट नहीं, बल्कि वही पुराना सादा वाइट कुर्ता पहन रखा था। उसके गोद में उसका वही पुराना गिटार था।

तभी पीछे से पायल की छनक सुनाई दी। स्नेहा लाल रंग की बनारसी साड़ी पहने, माथे पर छोटी सी बिंदी लगाए सीढ़ियों से नीचे उतर रही थी। वह इतनी खूबसूरत लग रही थी जैसे गंगा मैया की कोई साक्षात मूरत ज़मीन पर आ गई हो।

वह आकर कृष्णा के बगल में बैठ गई। उसने अपना सिर कृष्णा के कंधे पर रख दिया।

"पाँच साल पहले हमारी धुन जहाँ अधूरी छूटी थी कान्हा... आज उसे पूरा नहीं करोगे?" स्नेहा ने मुस्कुराते हुए पूछा।

कृष्णा ने अपनी आँखें बंद कीं। उसने गिटार के तारों पर उंगलियाँ फेरीं। इस बार धुन में कोई दर्द नहीं था, कोई अधूरापन नहीं था। इस बार संगीत में एक ठहराव था, एक जीत थी और हमेशा के लिए एक हो जाने का सुकून था।

उसने गाना शुरू किया:

"लौट आए हैं वो लम्हे सभी,

जो खो गए थे वक्त की गर्द में कहीं...

अब न कोई विरह, न कोई दूरी है,

प्रयागराज के उस बोर्ड रूम में कृष्णा ने जो बिसात बिछाई थी, वह दिखने में जितनी मजबूत थी, असल ज़िंदगी के क्रूर सच के सामने उतनी ही कमज़ोर साबित हुई। अमरेंद्र नारायण सिंह जैसे शातिर खिलाड़ी को हराना इतना आसान नहीं था।

बोर्ड मीटिंग के ठीक दो दिन बाद, जब कृष्णा दिल्ली में स्नेहा से मिलने की तैयारी कर रहा था, तभी उसके पास एक अनजान नंबर से वीडियो कॉल आया। स्क्रीन चालू होते ही कृष्णा के हाथ कांपने लगे। सामने अस्पताल के आईसीयू (ICU) का नज़ारा था, जहाँ उसकी माँ वेंटिलेटर पर ज़िंदगी और मौत की जंग लड़ रही थीं।

तभी कैमरे के पीछे से अमरेंद्र नारायण की ठंडी और पथरीली आवाज़ आई, "तुमने बिज़नेस की कुछ फाइलें चुराकर सोचा कि तुम अपने बाप को घुटनों पर ले आओगे? तुम्हारी माँ की सांसें इस वेंटिलेटर की मशीन से चलती हैं कृष्णा। अगर तुम चाहते हो कि यह मशीन चलती रहे, तो तुम्हें वही करना होगा जो मैं चाहता हूँ। और अवस्थी जी की बेटी... वह अब इस खेल से बाहर रहेगी।"

कृष्णा पूरी तरह टूट गया। उसकी सारी ताकत, उसका सारा पैसा उसकी माँ की सांसों के आगे छोटा पड़ गया। भारी मन और बहते आंसुओं के साथ, उसने अपनी ज़िंदगी का सबसे कठिन फैसला लिया। उसने स्नेहा को बचाने और अपनी माँ की जान की खातिर खुद को हमेशा के लिए पीछे खींच लिया।

उसने स्नेहा को एक आखिरी मैसेज भेजा:

"स्नेहा, मैं हार गया। मैं तुम्हें वो ज़िंदगी नहीं दे पाऊंगा जिसके सपने हमने देखे थे। मुझे भूल जाओ, और अपने पापा की पसंद से शादी कर लो। यही हम दोनों के लिए सही है।"

स्नेहा ने जब यह मैसेज पढ़ा, तो उसका दिल जैसे पत्थर का हो गया। उसने कृष्णा को ढूंढने की बहुत कोशिश की, लेकिन कृष्णा अपनी माँ को लेकर किसी अज्ञात जगह जा चुका था। हर तरफ से हताश और

टूटी हुई स्नेहा ने आखिरकार अपनी किस्मत के आगे घुटने टेक दिए। उसने अपने पिता की इज़्ज़त की खातिर अथर्व (कृष्णा के छोटे भाई) से शादी के लिए हाँ कह दिया।

लखनऊ की अवस्थी हवेली में शहनाइयाँ बज रही थीं। चारों तरफ रोशनी थी, मेहमान हंस रहे थे, लेकिन दुल्हन के कमरे में सिर्फ सन्नाटा पसरा था।

स्नेहा लाल जोड़े में सजी, आईने के सामने बैठी थी। उसकी आँखों में कोई चमक नहीं थी, सिर्फ एक गहरा खालीपन था। वह एक ज़िंदा लाश की तरह लग रही थी। उसने अपनी कलाई पर बंधी उस पुरानी घड़ी को देखा, जिसे कभी बनारस के कैफ़े में कृष्णा ने निहारा था।

शादी के फेरे हुए, सिंदूर दान हुआ, और स्नेहा हमेशा के लिए किसी और की हो गई। लेकिन जब वह विदा होकर अथर्व के घर पहुँची, तो उसे पता चला कि अथर्व भी इस शादी से खुश नहीं था; वह सिर्फ अपने पिता के बिज़नेस साम्राज्य को सँभालने का एक मोहरा था। दोनों एक ही छत के नीचे रहते थे, लेकिन दोनों के बीच एक ऐसी खामोशी थी जिसे कोई नहीं तोड़ सकता था। स्नेहा ने कृष्णा के उस पुराने गिटार को अपने कमरे की अलमारी में बंद कर दिया था, ठीक वैसे ही जैसे उसने अपनी खुशियों को अपने अंदर दफ़न कर लिया था।

शादी के तीन साल बीत चुके थे। स्नेहा एक गंभीर और उदास औरत बन चुकी थी, जिसने अपनी किस्मत से समझौता कर लिया था। एक दिन किसी ऑफिशियल काम के सिलसिले में वह वापस बनारस आई। इतने सालों बाद बनारस की हवाओं में सांस लेते ही उसकी आँखों में आंसू आ गए।

शाम के वक्त, वह खुद को रोक नहीं पाई और भारी कदमों से अस्सी घाट की सीढ़ियों की तरफ चल पड़ी। घाट पर हमेशा की तरह दीये जल रहे थे, गंगा की लहरें बह रही थीं।

वह उसी पुरानी सीढ़ी पर जाकर बैठ गई जहाँ कभी उसने कृष्णा के कंधे पर सिर रखा था। तभी उसे थोड़ी दूर पर एक बहुत ही धीमी, दर्दभरी धुन सुनाई दी। वह गिटार की धुन थी, लेकिन उसमें कोई संगीत नहीं, सिर्फ एक रुदन था।

स्नेहा का दिल तेज़ी से धड़कने लगा। वह उठकर उस धुन की तरफ बढ़ी। घाट के एक सुनसान और अंधेरे कोने में, फटे-पुराने सफेद कुर्ते में एक शख्स बैठा था। उसकी दाढ़ी बढ़ी हुई थी, बाल बिखरे थे, और उसकी आँखें पूरी तरह धंस चुकी थीं। उसके हाथों में वही पुराना गिटार था, और उसकी कलाई का वह निशान साफ़ चमक रहा था।

वह कृष्णा था। लेकिन वह अब वह बिज़नेस टायकून नहीं था, न ही वह पुराना आत्मविश्वासी कान्हा था। वह अपनी माँ को खोने और स्नेहा के विरह में अपनी सुध-बुध गंवा चुका एक मुसाफिर मात्र रह गया था।

"कान्हा..." स्नेहा के मुंह से एक चीख जैसी आवाज़ निकली।

कृष्णा ने धीरे से अपना सिर उठाया। उसकी पथराई आँखों में जब स्नेहा का चेहरा उभरा, तो उसकी उंगलियाँ गिटार के तारों पर ही जम गईं। उसने स्नेहा की मांग में सजे सिंदूर और गले के मंगलसूत्र को देखा। उसकी आँखों से एक आंसू टपका और गिटार की लकड़ी पर जा गिरा।

वह खड़ा नहीं हुआ, न ही उसने स्नेहा को गले लगाया। उसने बस अपनी फटी हुई आवाज़ में कहा, "तुम... तुम यहाँ क्या कर रही हो, स्नेहा? अब इस सादे कागज़ पर कोई कहानी नहीं लिखी जा सकती। यह फट चुका है।"

स्नेहा उसके सामने घुटनों के बल बैठ गई। "तुमने ऐसा क्यों किया कृष्णा? क्यों मुझे छोड़ दिया?"

"क्योंकि मैं तुम्हें सुरक्षित देखना चाहता था, स्नेहा। लेकिन तुम्हें इस हाल में देखकर लगता है कि हम दोनों ही हार गए। किस्मत जीत गई, और हमारा प्यार हार गया," कृष्णा ने एक दर्दभरी मुस्कान के साथ कहा।

उसने अपना गिटार उठाया, उसे सीढ़ी पर रख दिया और बिना मुड़े, घाट की उन तंग और अंधेरी गलियों में हमेशा के लिए गायब हो गया। स्नेहा ने उसे रोकने की कोशिश नहीं की, क्योंकि वह जानती थी कि अब वे दो अलग-अलग किनारों पर खड़े हैं, जिन्हें चाहकर भी गंगा की लहरें एक नहीं कर सकतीं।

स्नेहा वहीं बैठी रही, उसके हाथ में कृष्णा का वह गिटार था जिसकी धुन अब हमेशा-हमेशा के लिए अधूरी रह गई थी। बनारस की उस शाम, गंगा मैया ने दो प्रेमियों के मिलन की नहीं, बल्कि एक अमर प्रेम की मौत की दास्तान अपनी लहरों में समेट ली।

www.ingramcontent.com/pod-product-compliance
Lightning Source LLC
LaVergne TN
LVHW100333210926
848480LV00003B/1325